NORA SAI DO ROTEIRO

Título original *Nora Goes off Script*

Text copyright © 2022 Annabel Monaghan

All rights reserved including the right of reproduction in whole or in part in any form.

This edition published by arrangement with G.P. Putnam's Sons, an imprint of Penguin Publishing Group, a division of Penguin Random House LLC. Todos os direitos reservados, incluindo o direito de reprodução total ou parcial, em qualquer formato. **Obra publicada mediante acordo com G. P. Putnam's Sons, um selo da Penguin Publishing Group, uma divisão da Penguin Random House LLC.**

© 2023 VR Editora S.A.

DIREÇÃO EDITORIAL Marco Garcia
EDIÇÃO Thaíse Costa Macêdo
ASSISTENTE EDITORIAL Andréia Fernandes
PREPARAÇÃO Raquel Nakasone
REVISÃO Natália Chagas Máximo
DIAGRAMAÇÃO Gabrielly Alice da Silva
DESIGN DE CAPA Sandra Chiu
ADAPTAÇÃO DE CAPA Gabrielly Alice da Silva

Dados Internacionais de Catalogação na Publicação (CIP)
(Câmara Brasileira do Livro, SP, Brasil)

Monaghan, Annabel
  Nora sai do roteiro / Annabel Monaghan ; tradução
Edmundo Barreiros. – Cotia, SP: VR Editora, 2023.

  Título original: Nora goes off script.
  ISBN 978-85-507-0449-4

  1. Ficção norte-americana I. Título.

23-164222   CDD-813

Índices para catálogo sistemático:
1. Ficção: Literatura norte-americana 813
Tábata Alves da Silva – Bibliotecária – CRB 8/9253

Todos os direitos desta edição reservados à
VR EDITORA S.A.
Via das Magnólias, 327 – Sala 01 | Jardim Colibri
CEP 06713-270 | Cotia | SP
Tel.| Fax: (+55 11) 4702-9148
vreditoras.com.br | editoras@vreditoras.com.br

ANNABEL MONAGHAN

NORA SAI DO ROTEIRO

TRADUÇÃO
Edmundo Barreiros

Para Tom

CAPÍTULO I

HOLLYWOOD VAI CHEGAR HOJE.

Eu não vou perder minha casa.

Esses dois pensamentos emergem no instante em que o sol começa a iluminar meu quarto. Pagaram pelo meu roteiro, e o dinheiro extra por deixá-los filmar aqui vai cair na minha conta bancária ao meio-dia. Adeus, impostos imobiliários não pagos. Adeus, dívida de cartão de crédito. E pensar que o adeus de Ben tornou isso tudo possível. Não sei como esse dia poderia ficar melhor. Eu pulo da cama, pego meu suéter mais pesado e desço. Sirvo meu café e vou para a varanda ver o sol nascer.

Quem quer que compre esta casa de mim, eu sempre penso, vai demoli-la. Ela tem mais de cem anos e tudo está quebrado. Existe um período em janeiro em que o vento sopra direto na cozinha e nós temos que prender um cobertor com fita adesiva no batente da porta. As tábuas do piso se curvam; há apenas dois banheiros e ambos ficam no andar de cima. Cada quarto tem um armário projetado para abrigar seis peças de roupa, de preferência de pessoas muito pequenas. Ben tinha uma lista de reclamações que repassava diariamente, e eu nunca consegui me livrar da sensação de que ele na verdade estava reclamando de mim.

Esta casa é um desastre, verdade. Mas me apaixonei por ela quando olhei pela primeira vez para o caminho sinuoso da entrada de carros. As magnólias enfileiradas aos lados se tocam no meio, então agora, em abril, você dirige por um túnel de flores cor-de-rosa. E quando sai na rua, parece que foi transportada de um mundo para outro, como uma noiva saindo da igreja. É uma alegria sair para comprar leite, e é uma alegria chegar em casa.

A casa foi construída por um médico britânico chamado George Faircloth, que vivia em Manhattan, mas no verão ia para Laurel Ridge no norte do estado, o que explica a completa falta de proteções contra o inverno. Ela foi construída para ser aproveitada em um dia de 25 graus, principalmente do lado de fora. Eu o imagino preparando o jardim como um maestro, arrumando as magnólias e forsítias abaixo delas para anunciar o início da primavera. Depois de um inverno longo e cinzento, esses primeiros brotos rosados e amarelos gritam: "Alguma coisa está acontecendo!". Em maio, elas estarão verdes e silenciosas como o resto do jardim, antes que as peônias e as hortênsias floresçam.

Soube que faria qualquer coisa para morar aqui quando vi a casa de chá nos fundos. É uma estrutura de um cômodo que o médico projetou para honrar o ritual formal de chá. Enquanto a casa principal é feita de tábuas frágeis e persianas pretas descascando, a casa de chá é de pedra cinza e telhado de ardósia. Ela tem uma pequena lareira e paredes forradas de carvalho. É como se o dr. Faircloth tivesse ido até o lago e retirado a casinha diretamente da zona rural inglesa. Eu me lembro muito bem de ouvir Ben usar a palavra "barracão" quando entramos ali, e eu o ignorei daquele jeito que você faz quando está tentando permanecer casada.

Na primeira manhã que acordamos aqui, eu me levantei com a primeira luz do dia porque ainda não tínhamos cortinas. Peguei meu café e fui até a varanda da frente, e o nascer do sol foi a maior surpresa da minha vida. Nunca tinha visto a casa às seis da manhã. Nem sabia que estávamos de frente para o leste. Foi como um brinde, uma recompensa por amar este lugar quebrado.

Agora estou parada na varanda, absorvendo tudo antes que a equipe de filmagem chegue. Faixas rosa e laranja rastejam por trás do carvalho de braços largos na extremidade do jardim. O sol nasce por trás dele de uma forma diferente a cada dia. Em alguns, ele é uma barra sólida de sorvete que sobe feito créditos de cinema e enche o céu. Em outros, a luz penetra as folhas em um cinza emudecido. O carvalho vai passar algumas semanas sem folhas, apenas com pequeninos brotos amarelos e brancos polinizando uns aos outros e prometendo um jardim cheio de bolotas. Meu jardim atinge sua melhor forma em abril, especialmente de manhã, quando é beijado pelo sereno e recebe toda a luz. Não entendo a ciência por trás de tudo isso, mas conheço o ritmo dessa propriedade como conheço meu próprio corpo. O sol vai nascer aqui todos os dias.

Termino de acordar meus filhos, alimentá-los e mandá-los para a escola; e já troquei de roupa seis vezes. Paro na frente do espelho no mesmo jeans e camiseta com os quais comecei, e percebo que o problema é meu cabelo. O *frizz* não está tão ruim quanto vai ficar em agosto, mas está bem intenso. As pessoas de Hollywood têm cabelos domados ou, se forem selvagens, é porque foram desorganizados profissionalmente. Enfio a cabeça na pia do banheiro e seco mecha por mecha com o secador, algo que não fazia desde o dia do meu casamento, com minhas madrinhas espremidas às minhas costas no banheiro da minha infância.

Quando meu cabelo está liso, são apenas nove da manhã. Eles

marcaram de chegar às dez, e sei que se eu passar mais tempo diante do espelho, vou ficar paranoica e entrar em pânico. Decido que estou perfeitamente bem para uma mãe com dois filhos e 39 anos. Além disso, não é como se fosse fazer um teste para esse filme; eu o escrevi. Decido ir à cidade para resolver algumas tarefas sem urgência. Talvez eu volte depois que eles já estejam aqui e faça uma cena do tipo *ah, ei, perdi a noção da hora.* Vou entrar na versão hollywoodiana do meu drama da vida real a todo vapor, como se fosse algum tipo de festa surpresa doentia.

Mato o máximo de tempo possível deixando um par de botas no sapateiro e explorando a prateleira de descontos na livraria. Paro na loja de ferragens para conversar com o sr. Mapleton sobre sua cirurgia do quadril e para pegar a pilha de palavras cruzadas que ele guarda para mim de seus jornais toda semana. Às dez, já não tenho mais nada para fazer, então sei que é hora de ir para casa para ver exatamente como é uma equipe de filmagem e quais vão ser as consequências para o meu jardim.

Calculei mal o tempo e eles estão atrasados, então estou de volta à varanda da frente observando a chegada da equipe. Aperto a balaustrada quando caminhões avançam pela minha garagem, derrubando os botões mais baixos de magnólia e escurecendo o céu com pássaros assustados. Por um segundo, minha propriedade parece um filme de Hitchcock.

Eu não esperava por isso. Estou tão surpresa quanto qualquer outra pessoa por *A casa de chá* estar virando um filme de verdade. O último roteiro que escrevi se chamava *Beijos para o Natal,* um filme de oitenta minutos feito para a TV com *breaks* bem cronometrados na ação para abrir espaço para quarenta minutos de comerciais. Antes desse, teve o *Corações da mesma cidade,* que é basicamente a mesma história, mas acontece no outono. Meu superpoder é colocar metodicamente um homem e uma mulher em uma cidade reluzente, habitada por pessoas extremamente felizes com pequenos problemas enlouquecedores. Eles se repelem no início e então se apaixonam. São só sorrisos até um deles partir e voltar imediatamente depois do intervalo comercial. Todas. As. Vezes.

A casa de chá não segue essa fórmula e é certamente a melhor coisa que já escrevi. A primeira coisa que minha agente, Jackie, disse quando terminou de ler foi "Você está bem?". Eu ri porque é verdade, parecia que eu tinha ficado sombria. A história é mais profunda, com doses pesadas de angústia e introspecção e, com certeza, o cara não volta no final. Nos meses após a partida de Ben, vendi dois roteiros divertidos e leves para O Canal do Romance, mas então essa coisa sombria acabou vazando de mim. Estava tentando preservar minha vida pessoal depois do Ben, mas acho que algumas histórias simplesmente querem ser contadas.

– Quero dizer, é ótimo – começou ela. – Mas é um filme grande, não pra TV. Se você concordar, vou apresentá-lo pros grandes estúdios.

– Vai ser uma baita perda de tempo – retruquei, arrancando ervas daninhas do jardim da frente. – Ninguém quer assistir a duas horas de angústia e abandono. Juro que tentei animar as coisas no fim, mas, por mais que eu me esforçasse, simplesmente não aguentava ver o cara entrando pela porta de novo.

– Nora, não faz nem um ano.

– Eu sei. Por isso vou voltar ao que sei fazer. Faça o que você quiser com essa coisa; acho que eu só precisava tirar isso do meu peito. Está tudo bem com a sua mãe?

– Ela está bem. Mas me dê algumas semanas. Este roteiro é uma grande virada.

Quando o primeiro caminhão para em frente à minha casa, com

nove de suas dezoito rodas em cima da minha grama, percebo que foi realmente uma grande virada. Eu me seguro à grade de proteção da varanda quando dois outros caminhões começam a descarregar câmeras, luzes, móveis e pessoas.

Uma jovem de cabelo rosa com uma prancheta e um sorriso vem falar comigo.

— Ei, você deve ser a Nora. Não surte. Porque eu estaria completamente surtada. Eu sou a Weezie, assistente do Leo.

— Oi. Não estou surtando. Posso replantar a grama. — Estendo a mão para apertar a dela.

Outra mulher, mais próxima da minha idade, em um agasalho esportivo cinza, se aproxima.

— Eu sou Meredith Cohen, produtora executiva.

— Nora Hamilton, a dona da casa — consigo dizer, ainda agarrada à grade da varanda. — E escritora — acrescento, porque estou me sentindo desconfortável.

— Escute — diz Meredith. — Nós somos muitos. Droga, só o Leo já seria muito esses dias. Nós vamos fazer muito barulho e uma grande bagunça, depois vamos arrumar tudo e sair daqui em dois dias. Três no máximo.

— Tudo bem. É o que eu esperava. Nunca vi um filme sendo filmado antes, é meio empolgante. — Uma picape vermelha sobe totalmente na grama, puxando um trailer Airstream prateado. — O que é aquilo?

Weezie se vira e ri.

— Ah, aí está ele. Claro, esse é o Leo. Nós todos vamos ficar no Breezeport Hilton; ele não se hospeda em Hiltons.

Ela revira os olhos e sorri, como se fosse levemente irritante, mas também adorável esse cara estar destruindo meu gramado.

— Leo Vance vai dormir nessa coisa? Em meu jardim?

– Isso não pode ser evitado. Ele é estranho. Mas tem um banheiro ali dentro, e temos um caminhão com banheiros químicos para os outros. Então não se preocupe com sua casa.

A porta do trailer se abre e dela sai um superastro de 40 anos sem sapatos. Seu jeans é baixo demais e sua camiseta cinza está furada em dois lugares. Seu cabelo precisa ser aparado, e ele é bonito demais para interpretar Ben. Se bem que Naomi Sanchez está me interpretando. Ele aperta os olhos para o céu enquanto se situa, como se estivesse emergindo do escuro depois de vinte e quatro horas. São onze da manhã, e estamos apenas a uma hora e meia de viagem de Nova York.

Leo Vance é o galã mais bem pago de Hollywood. Sei disso porque passei três dias pesquisando sobre ele no Google. Ele tem casas em Manhattan, Bel Air e Cap d'Antibes. É dono de uma parte de uma franquia da NBA. Não tem filhos. Nunca se casou. Libriano. É de Nova Jersey e tem um irmão.

Vi todos os seus filmes, o que na verdade não é nenhum crédito para ele. Vi muitos filmes. Leo é um bom ator, e é mais famoso pelo olhar sensual. Preciso dizer que isso é um pouco de exagero. Em seu primeiro filme, *Noites de sicômoros*, ele lançou para Aileen Bennett, seu par romântico, uma série de olhares tórridos que fez com que fosse considerado o homem mais sexy do mundo naquele ano. Acho que isso se transformou em sua marca registrada, então continuou fazendo isso filme após filme, mesmo quando era totalmente desnecessário. Em *Batalha pelo front*, ele diz para sua esposa grávida, todo ardente, que precisa ir para a guerra. Em *Ação de classe*, ele dá uma palestra inaugural em uma academia militar e olha desse jeito para os pais e avós de todo mundo. Isso para não falar em *A rosa da África*. Um centro de refugiados com um surto terrível de malária não é lugar para olhares sensuais. Leo Vance parece propenso a emanações impróprias de *sex appeal*.

Quando seu olhar está desligado, ele revela uma variedade impressionante de sorrisos característicos para cada filme. Eles vão de tímido a maníaco, e sempre admirei como Leo consegue manter a consistência durante o filme inteiro. Estou curiosa para saber que sorriso vai inventar para *A casa de chá*. Que sorriso ele imaginou para Ben? Não consigo nem me lembrar da última vez que vi Ben sorrir.

Leo Vance está caminhando na direção de minha varanda, e me preparo para uma apresentação. Perfeito na tela, desmazelado na vida real. E vai se transformar em um homem cheio de questões que acaba deixando a mulher com quem construiu uma vida. Ben foi tão enlouquecedor que me fez finalmente escrever alguma coisa digna. Sorrio pela ironia de Ben, no fim das contas, ter ajudado.

Leo passa por mim na varanda como se eu não estivesse ali, então para e volta um passo.

— Você está sem uma covinha — diz ele.

— A outra está lá dentro — falo.

Ele assente e entra na minha casa como se fosse o dono do lugar. Não foi um grande encontro.

Conhecer o diretor Martin Cox é tão intimidador quanto eu tinha previsto. Weezie foi atrás de Leo, então ele se encontra comigo e Meredith na varanda.

— Você deve ser a Nora.

Ele não é alto, mas é grande, e não consigo determinar se é fisicamente corpulento ou se é sua presença que ocupa muito espaço.

Aperto sua mão e tento não dizer nada. Se começar a falar, vou lhe dizer o que achei da cena final de *Alabastro* e porque achei que lhe roubaram um Oscar. Vou lhe dizer que só a iluminação de *A mulher de baixo* já foi sublime. Principalmente para evitar usar a palavra "sublime", fico de boca fechada.

– Então, podemos vê-la? – pergunta ele.

Conduzo Meredith e Martin até os fundos, onde fica a casa de chá, na entrada da mata. O caminho é pela grama, de modo que uma visita à casinha tem quase sempre como consequência sapatos molhados. Eu tinha deixado a porta de carvalho aberta, como sempre, porque, com a porta aberta, dá para ver a floresta pelas janelas de aço na parede de trás. Isso me dá uma sensação de infinitas possibilidades.

A casa de chá é um espaço sagrado para mim. É o espaço no qual eu consegui me preservar escrevendo. E, ao contrário da casa principal, ela é bem isolada contra os elementos. Imagino os Faircloth se aproximando da casa de chá como eu, antecipando o fogo na lareira e a mesa posta com chá e petiscos. Imagino amantes se encontrando ali para conversas em voz baixa e primeiros beijos. Ben sempre quis que nós a usássemos como depósito.

Podia ter acabado assim, até onde sei. Eu acreditava que a última coisa de que o mundo precisa é de mais depósitos, e Ben, que ele precisava de uma terceira motocicleta. Em meio aos muitos consolos em torno de sua partida está o fato de ele ter levado a maior parte de suas coisas e não ter exigido as crianças.

A casa de chá teve um papel importante no fim do nosso casamento, e por isso ela ganhou o título. Ben se ressentia do tempo que eu passava ali, se ressentia do trabalho que eu fazia. Ele se ressentia por eu pagar nossas contas durante dez anos – eu também, para falar a verdade. Quanto mais competente ficava em cuidar da nossa família, mais ele me desprezava. Quanto mais me desprezava, mais duro eu trabalhava para ajeitar as coisas. Escrever na casa de chá era um espelho no qual ele não queria olhar. É assim que acontece no filme. Na vida real, não sei, talvez Ben tenha partido apenas por querer mais espaço de armazenamento. E ele queria mais de quase tudo.

Quando nos aproximamos da casinha, eu ouço Martin perder o fôlego.

– É de outro mundo – ele diz. – A foto não faz justiça.

Sorrio e continuo andando.

– Bom, com certeza é de outra época. É aqui que eu escrevo.

Está quente para abril, e o telhado de ardósia brilha sob o sol com a chuva da noite anterior. Duas grandes hortênsias ladeiam a porta. Elas estão ostentando as primeiras folhas cor de aipo e cheias de esperança, e logo terão flores azuis do tamanho de minha cabeça.

– Se vocês pudessem esperar até julho, veriam as duas florescendo – falo para ninguém porque Martin já entrou.

– Isso é absolutamente perfeito – ele diz, passando as mãos pelas paredes forradas de madeira. Ele pega um *walkie-talkie*. – Estou nos fundos, na casa de chá. Tragam os lençóis para o sofá-cama, vou precisar do sol das três horas entrando pela janela. E um esfregão. E assegurem-se de que Leo e Naomi estejam na maquiagem.

Meredith me lança uma piscadela, supostamente para fazer eu me sentir melhor pelo comentário do esfregão. Dou de ombros para ela, por que me importaria?

– Está bem, então vou deixá-los à vontade, avisem se precisarem de alguma coisa.

Volto para casa, aliviada por encontrá-la vazia. Lá fora, há muita atividade – o caminhão do *catering*, uma mulher perseguindo Leo Vance com um spray. Do trailer maior, surge Naomi Sanchez, de algum modo toda pernas em um velho vestido. Imagino que ela esteja como Martin me imaginou. A primeira vez que vi Naomi Sanchez foi em *A vingança da prostituta*, quando ela tinha cerca de 25 anos. Na cena em que descobria que tinha sido traída, a atriz foi filmada tão de perto que seu rosto preenchia toda a tela. *Onde estão seus poros?*, eu me perguntei. Aos 32 anos, ela continua sendo a mulher mais bonita que já vi.

Mando uma mensagem para Kate: Leo Vance estava na minha casa. Naomi Sanchez é linda.

Kate: Estou morrendo.

Tenho dificuldade para descobrir o que eu devia estar fazendo. Quero dizer, estou dentro de casa, que não é meu espaço para trabalhar/escrever. É o espaço da mãe. A cozinha ainda está bagunçada do café da manhã, e imagino que Leo Vance viu a sujeira das panquecas e sentiu o cheiro do bacon. Fico levemente agitada por ele ter estado ali e começo a limpar. Deve haver limites de algum tipo. Não quero entrar aqui amanhã e encontrá-lo olhando de forma sensual para a minha lava-louça.

Ligo para minha irmã, e a babá, Leonora, atende.

— Ela saiu com as amigas — diz ela.

Penny e seu marido, Rick, moram em Manhattan e East Hampton e aparecem frequentemente na revista *Town & Country* vestindo as roupas certas com as pessoas certas. Essa é a primeira vez na vida que faço algo mais legal do que Penny, então deixo um recado.

— Por favor, diga a ela que Naomi Sanchez e Leo Vance estão na minha garagem.

Leonora dá um gritinho, e eu fico satisfeita.

Quando minha cozinha está limpa, tento pensar no que estaria fazendo normalmente. É quarta-feira, e às quartas-feiras nós comemos bolo de carne. É claro! Tiro meio quilo de peru moído do freezer e o coloco sobre a bancada da cozinha. Isso não demora tanto quanto eu esperava.

Observo pela janela do canto no solário. Estão filmando a cena em que digo a Ben que ajudaria se nós dois tivéssemos contracheques regulares. Foi no dia em que ele me colocou no mesmo monte das pessoas que não tinham visão e não acreditavam nos sonhos dele. Eu era um drone, um robô, uma escrava das convenções. Tenho certeza de que isso foi a gota d'água. Imagino minhas palavras saindo da boca perfeita de Naomi e começo a pensar que esse filme errou na escolha do elenco. Como Leo Vance vai conseguir ser tão indiferente quanto Ben quando está olhando para uma mulher daquelas? Pessoas tão bonitas quanto eles deviam ser capazes de resolver qualquer coisa. Homem nenhum deixaria Naomi Sanchez.

Estou observando as filmagens há uma hora quando percebo que preciso buscar meus filhos. Abro a garagem e encontro três caras fumando na entrada. Eles jogam seus cigarros no chão, apagam as bitucas com os sapatos e se afastam para o lado para me dar passagem, como se eu estivesse em algum tipo de situação com manobristas. Não tenho escolha além de passar por cima de minha própria grama para desviar dos caminhões e chegar na estrada de terra que me leva até a rua.

É uma boa sensação deixar o caos para trás e seguir para Laurel Ridge, onde nada nunca muda. Ben comprou a casa nessa cidade porque estava literalmente sem opção. Ele queria uma vida grandiosa na cidade grande – para ser mais exata, a vida de Penny. Mas quando isso se revelou ser caro demais, ele quis uma casa grande em um subúrbio próximo. Isso também era impossível. Conforme minha barriga da gravidez de Arthur crescia, e ficou claro que nosso estúdio nunca seria suficiente para nós, começamos uma corrida contra o relógio. Nós tínhamos vinte mil dólares para dar a entrada em uma casa de trezentos mil dólares, e uma casa nesse valor ficava muito mais longe da cidade do que Ben esperava.

Ele contou aos amigos que compramos uma casa decrépita como investimento. *É uma cidadezinha em desenvolvimento*, dizia ele, o que eu sempre achei engraçado, porque o lema desse lugar deveria ser "Não se desenvolver". Esta é uma cidade que se aflige com qualquer tipo de progresso, fantasiando em segredo ter sido o modelo para a Main Street na Disneylândia. Há um conselho de revisão arquitetônica e uma comissão de planejamento cujo único propósito é impedir que pessoas como Ben deixassem Laurel Ridge menos atraentemente antiquada.

Há seis ou sete lojas que estão em Laurel Ridge desde o princípio dos tempos. Esses lojistas desfrutam de uma lealdade quase que de culto de seus clientes. Ali, você sempre vai conseguir comprar um martelo de um conhecido e um pote de sorvete caseiro de um adolescente. Alguns outros negócios surgem e desmoronam quando pessoas chegam de Manhattan para vender vitaminas enriquecidas e biscoitos de cachorro personalizados. Eles raramente duram um ano.

No fim da cidadezinha, fica a escola primária de Laurel Ridge. Estaciono e encontro minhas amigas em meio a um grupo de pais no parquinho, como se aquele fosse apenas um dia comum.

— Ah, meu Deus, conte tudo — diz Jenna. Ela está parada com Kate embaixo da cesta de basquete.

— O quê? — falo, tentando parecer natural. — Só estou andando com Leo e Naomi, mais nada.

— Ele é bonito? Ele lhe deu aquele olhar? — pergunta Kate.

— Sim e não. Ele é absolutamente lindo e mal olhou pra mim.

— Então o cabelo foi desperdício? — Jenna está se referindo ao fato de eu ter secado meu cabelo.

— É, exagerei um pouco — reconheço. — Se vocês vissem Naomi

Sanchez em pessoa entenderiam por que ele não estava tão focado em mim.

– Oi, Nora. – Molly Richter se aproxima de nós. – Você está ótima com esse cabelo. – Molly é aquela vadia clássica da escola e que nunca saiu disso. Precisamos ser simpáticas porque ela é a líder da associação de pais e mestres e parece ter a autoridade de atribuir aleatoriamente posições de voluntariado. Nos mantemos longe dela tanto quanto as pessoas se mantêm longe de correntes de ar. – Soube que você está brincando de Hollywood esta semana – continua ela.

– Estou. – Ao falar com Molly, é importante não oferecer nenhuma informação adicional nem fazer qualquer pergunta.

– Bom, legal. Não se esqueça de que os ensaios de *Oliver Twist* são na próxima quarta-feira, e você se ofereceu pra cuidar das crianças nos bastidores.

– Como eu poderia me esquecer? Arthur só fala nisso.

E eu mostrei minhas cartas. Nunca devia ter secado meu cabelo. Kate engasga, como se eu estivesse afundando em areia movediça e ela não tivesse uma corda para me jogar.

– Ah, Arthur está interessado num papel grande? – Molly não me dá a chance de responder. – Que ótimo! Porque eu ia nomeá-la presidenta da peça, e se ele vai estar tão envolvido, você já estaria mesmo lá. Perfeito. – Ela anota algo em seu caderninho de anotações, dá as costas e vai embora.

Jenna está rindo.

– Você está muito ferrada.

– É, odeio dizer isso, mas você está – Kate fala. – Se disser não, não que ela tenha lhe dado qualquer chance de fazer isso, ela vai garantir que Arthur seja uma árvore, uma pedra ou algo assim.

Os testes são hoje, então espero que seja tarde demais para Molly exercer seu poder e vetar meu filho de 10 anos. Arthur está no meio de mais uma série de desastres esportivos de primavera, e essa peça é sua salvação.

– Eu sei. E não tem problema. Se Arthur conseguir algum papel, vou levar umas pessoas pra ajudar.

– Ninguém quer ajudar – diz Jenna.

– Então vou fazer seja lá o que for. Isso é literalmente tudo pra Arthur. É a primeira coisa que o anima desde que Ben foi embora.

Normalmente não menciono Ben. Não porque seja doloroso demais, mas porque quase nunca penso nele. Porém, criei um silêncio estranho, e ele parece funcionar a meu favor.

– A gente ajuda – dizem elas.

– Vocês são o máximo.

O sinal toca, e dezenas de crianças saem da escola. Arthur corre até nós, larga a mochila aos meus pés e dispara atrás de um bando de crianças na direção do trepa-trepa. Não sei dizer como foi seu teste.

Bernadette, a chefe de 8 anos de minha família, vem correndo até mim e me atinge com um abraço.

– Ele falou alguma coisa sobre o seu cabelo?

– Não. Eu devia ter usado o seu. – Passo as mãos pelos cachos castanhos de Bernadette. Seu penteado antiquado parece saído direto dos *Batutinhas*.

– Vamos – ordena ela. – Eles vão embora em três horas.

– Eles vão voltar amanhã – digo. Bernadette olha para mim como se eu tivesse enlouquecido. – Está bem. – Chamo Arthur, que arrasta o corpo pelo asfalto.

– Sério? São só três e quinze. A esquisita aí precisa voltar pra casa pra ficar olhando pros astros do cinema? – Arthur agita os dedos, sem conseguir parecer ameaçador.

– Como foi o teste? – pergunto.

– Eu consegui.

Arthur me dá um meio sorriso que me comunica que ele não quer fazer uma cena ali no parquinho.

Pego sua mochila.

— Vamos embora antes que eu faça alguma coisa embaraçosa.

Bernadette está enlouquecida enquanto fazemos a última curva da nossa garagem. Arthur está dedicado a se fazer de descolado para os maiores astros de Hollywood. Parece que ele quer que todos pensem que têm sorte por conhecê-lo. Afinal de contas, conseguiu um papel importante em *Oliver Twist*.

— Mãe, ela me deixa com vergonha. Todo mundo no recreio e no almoço estava me perguntando sobre esse filme. A gente é, tipo, aberrações na cidade.

Passamos pelo trailer Airstream e por dois caminhões antes de conseguir ver nossa garagem. Uma mesa com doces e sanduíches bloqueia meu caminho. Abro a janela do carona e aponto para onde estou indo. Um jovem com um boné vermelho de caminhoneiro concorda alegremente em transferir sua operação para minha varanda, não antes de dar uma rosquinha para cada um de meus filhos.

— Isso é épico — diz Bernadette.

— É uma rosquinha — diz Arthur.

Fecho a porta da garagem antes mesmo de sairmos do carro, feliz por estar de volta ao meu casulo. Tudo do lado de fora parece infestado por ruídos, pneus e pessoas tomando decisões. Quando chegar ao andar de cima, vou fechar todas as cortinas. Temos as lições de casa, o jantar, *Roda da fortuna* e cama. O contrato diz que eles têm que sair até às seis da tarde.

Enquanto subimos a escada até a cozinha, Bernadette dispara:

– Você conheceu Naomi? Ela está tão bonita quanto estava em *A mulher do marinheiro*? Leo já está aqui? Ele é alto ou não? Frannie diz que ele é baixinho e precisa subir em um caixote quando eles...

Ela para quando alcançamos o topo da escada e vemos Leo sentado na bancada da cozinha. Ela deve estar mesmo sem fôlego.

Leo se levanta devagar, esticando-se em toda a sua altura de um metro e oitenta e oito. Ele lança um olhar sério para Bernadette.

– Eu não sou baixinho, senhorita.

Bernadette sorri, enrubesce e cobre o rosto, tudo ao mesmo tempo.

– Ah! Aí está ela! – Leo gesticula com sua cerveja. Que é minha, para o caso de Kate e Mickey aparecerem, percebo.

– O quê? – pergunta Arthur, um pouco alarmado.

– A covinha que estava faltando. Procurei por toda a casa. A covinha que estava faltando na sua mãe está bem aí no rosto da sua irmã. – Bernadette não consegue parar de sorrir, e Arthur revira os olhos.

Eu me dou conta de que não me mexi desde que chegamos da garagem. Estou congelada com meia rosquinha na mão.

– É isso mesmo. É aí que eu a guardo.

Leo volta para sua cerveja, e após um silêncio que parece desconfortável apenas para mim, digo:

– Então, eu sou a Nora. A roteirista, e esta é a minha casa.

– Leo.

– Eu sou a Bernadette, e esse é o Arthur.

– Saúde.

– Você devia estar aqui? – pergunta Arthur.

– Filmei minhas cenas de hoje, agora estão fazendo algumas cenas só com a Naomi. Esse filme tem coisas sombrias.

– Bom, tem. Eu estava meio pra baixo.

– Ela está melhor agora – diz Bernadette.

– É. E precisamos começar a fazer a lição de casa – digo.

– Vou ficar só mais um pouquinho. Meu trailer está quente e eu estava trabalhando nessas palavras cruzadas.

Ele aponta para as palavras cruzadas que eu estava guardando para a noite. É quarta-feira, meu dia favorito para fazer palavras cruzadas não muito fáceis nem muito difíceis. Meus filhos sabem disso e olham para mim, incapazes de prever o que vem em seguida.

– Bom, está certo – digo. Gramado, cerveja, palavras cruzadas. Estou fazendo a conta.

Paro junto da pia com a rosquinha na mão, observando os três. Leo fazendo minhas palavras cruzadas. Meus filhos tirando pastas da mochila, tentando agir com naturalidade. Bernadette precisa de marcadores. Leo lhe entrega alguns. Ela o observa enquanto colore uma ilustração. Arthur está diante de uma folha com frações que precisa resolver dentro de um minuto, então ele abre o cronômetro no celular. Observo esse trio incongruente, uma cena saída não sei de onde.

– Então, o que você costuma fazer agora? – Leo quebra o silêncio.

– Ah, eu faço o jantar. – Grata pelo lembrete, começo a andar pela cozinha. Jogo a rosquinha fora, limpo a bancada e abro a geladeira. O peru moído descongelou na pia, então vou precisar de apenas um ovo. Coloco a carne em uma tigela e quebro o ovo ali dentro.

– Meu Deus, o que você está fazendo? – pergunta Leo. Enquanto outras pessoas recebem seu famoso sorriso sensual, eu ganho uma expressão contorcida de nojo.

– É quarta-feira, dia de bolo de carne – Bernadette responde.

– Isso não pode estar certo – diz ele, hipnotizado.

Pico uma cebola e a acrescento à tigela. Jogo alguns pedaços de pão. Leo não consegue tirar os olhos da mistura.

– Isso é a coisa mais nojenta que já vi. – Então, quando começo a misturar com as mãos: – Retiro o que disse. Isso é.

Meus filhos dão risada.

Weezie aparece procurando por ele perto das cinco horas e não parece muito surpresa ao vê-lo levemente embriagado.

– Vamos lá, vamos levá-lo outra vez para a maquiagem. Precisamos refilmar algumas coisas antes de escurecer.

A expressão de Leo é o que só posso chamar de agonia. É a expressão que meus filhos fazem quando falo que o jantar vai ser peixe.

– Não. Por favor. Não me diga que tem mais?

– É claro que tem mais. Nós temos mais um, talvez dois dias pra terminar.

Leo aperta sua cerveja.

– Mas esse filme é muito deprimente. Crianças, sua mãe é muito deprimente. Eu simplesmente não aguento.

– Ela na verdade é divertida – diz Arthur. – Os outros filmes dela são meio bobos, com finais superfelizes.

– Ele tem razão – admito. – Bobos e felizes. Este é único, desculpe.

Leo estuda a garrafa de cerveja vazia.

– Ele não pode simplesmente voltar? Tipo ter uma epifania ou algo assim e voltar?

Arthur esconde o rosto fingindo estar revisando suas frações. Ben ter uma epifania seria um bálsamo para a ferida aberta de Arthur.

– Ele não vai voltar – respondo.

CAPÍTULO 2

ACORDO NA MANHÃ SEGUINTE EM UM SILÊNCIO COMPLETO. Os carros se foram; os caminhões estão vazios. Leo provavelmente apagou em seu trailer. Sirvo meu café e vou para a varanda para ver o sol terminar de nascer. O trailer de Leo dói nos olhos, assim como as marcas enlameadas que deixou em meu gramado, mas pelo menos ele não está bloqueando minha vista. O sol faz um grande espetáculo, tingindo o céu de um laranja sangrento por trás dos braços estendidos do meu carvalho. Em manhãs de vento, parece que seus galhos mais selvagens estão dançando o *hula*; hoje, está oferecendo um abraço. *Não vai demorar muito, Nora. Logo você vai estar novamente no controle.*

Ouço algo se mexer às minhas costas. Ao me virar, vejo Leo enrolado em um edredom, dormindo no balanço da varanda. Seu cabelo comprido demais cobre um de seus olhos, e ele tem uma beleza de tirar o fôlego. No chão, há uma garrafa de tequila pela metade (espere, é a minha tequila!). Não há copos à vista. Penso em pegar o celular. Minhas amigas adorariam uma foto.

Dormindo, ele parece mais novo, quase vulnerável. Leo está com a coberta puxada até em cima do nariz. Devia estar congelando ontem à noite. Quero acordá-lo para lhe mostrar o nascer do sol antes que ele termine. Quero lhe mostrar algo que não seja deprimente, porque sei o que vai filmar hoje. É a cena da separação. Trevor está indo embora. No fim das contas, ele nunca amou Ruth.

Sinto-me brevemente culpada por tê-lo submetido à minha história triste. Não é exatamente a minha história, mas é a essência dela. Ben e eu estávamos apaixonados em um momento, e nos vimos com dois filhos ótimos e uma vida que funcionava, desde que eu me mantivesse em movimento. Então, de repente, ele decidiu que isso não lhe servia mais. Como se tivesse decidido parar de tomar leite com seu café. E passasse a agir como se sempre o tomasse puro, como se não se lembrasse mais daquela cremosidade que costumava dizer que amava.

Deveria sentir pena de Naomi. É ela quem está sendo abandonada. Fico feliz por não ter que distorcer seu rosto bonito em um choro feio. Em vez disso, ela estará perfeitamente imóvel quando ele disser: "Desculpe, essa coisa toda foi um erro. Preciso de uma vida maior". Com sorte, o público vai se lembrar que Ruth lhe deu tudo o que ele tem e que o cara acrescentou exatamente zero valor ao casamento. Ela vai repetir as frases em sua mente, como eu, para ter certeza de ter ouvido direito. Não sei como as atrizes fazem o que fazem, mas vai ter que deixar claro o momento em que percebe que "essa coisa toda" é sua família.

Nossa, Ben é um babaca. Decido deixar Leo em paz para que sua equipe de filmagem o encontre quando chegar. Eu já tenho dois filhos.

Eles querem minha presença no *set* de filmagem. Recebi uma mensagem de Weezie. Estou estranhamente empolgada, pois passei a manhã inteira escondida em casa. Lavei e troquei os lençóis de todo mundo e aspirei todas as coisas possíveis, inclusive a poeira da ventilação da geladeira. Tentei até rascunhar a trama principal de um novo filme para O Canal do Romance, mas descobri que minha mente não trabalha direito dentro de casa.

— Nora, você está sendo chamada no *set* — digo em voz alta, porque gosto de como isso soa.

Eu me olho no espelho do quarto. Estou de jeans, camiseta azul-marinho e chinelo. Meu cabelo está bonito da véspera, parcialmente escovado. Decido que é o suficiente. Sei por experiência própria que se tentar melhorar meu visual com roupas e maquiagem, vou chegar na casa de chá parecendo que é noite de baile. É mais fácil ir como estou.

Caminho pela grama saboreando a sensação dos pés levemente molhados. Meu subconsciente dispara e eu meio que fico com vontade de escrever, assim como fico com vontade de comer alguma coisa quando ligo no canal de receitas. Amanhã eles terão ido embora e poderei voltar a isso.

A porta da casa de chá está fechada. Ao abri-la, encontro Leo deitado de bruços sobre o sofá-cama, Naomi andando de um lado para outro e um câmera conversando em voz baixa com Martin.

— Oi. — Dou um aceno e me espremo ali dentro. — Weezie disse que vocês queriam minha presença?

Naomi para e olha fixamente.

— Você é a roteirista?

— Sou. Nora — eu me apresento.

Ela é tão mais bonita ao vivo que me deixa sem fôlego. Quero ver seu rosto sem toda aquela maquiagem e olhar para sua pele sem poros. Naomi irradia beleza, embora obviamente esteja pronta para me atacar.

— Por quê? — Ela arranca uma página de sua cópia e a empurra em minha direção — Por que ela não faz nada? Ele está indo embora. Sim, ele é um filho da mãe, mas qualquer mulher normal ia chorar ou fazer alguma coisa. Não posso só ficar aqui parada.

Leo se senta e passa as mãos pelo cabelo como se estivesse tentando se concentrar.

— Ela tem razão. Essa é uma cena intensa; ela devia gritar e berrar. Pelo menos implorar um pouco.

Não houve gritos nem berros quando Ben parou bem aqui e me disse que estava indo embora. Não porque as crianças estavam dormindo nem porque eu estava com medo de confrontá-lo. Penso, agora, na cadeia de acontecimentos que me levou a estar em meu escritório com duas das celebridades mais famosas do país tentando explicar minha resposta emocional ao abandono.

— É que ele não está levando nada — explico. — Ele não está levando nada. E na verdade ele nunca a amou mesmo.

— Mas que porra! — Que bom que Naomi não é minha terapeuta.

— É o problema clássico da autocorreção. Se alguém deixa você, é porque não queria estar contigo. Tudo o que você perdeu foi uma pessoa que não queria mesmo estar ali.

Leo dá risada.

— Meu Deus, você não é muito romântica, hein?

— Eu não sou. Não mesmo. Acreditava no casamento a qualquer custo até aquele momento. Então eu me desprendi — digo. E para Naomi: — Você não é a vítima aqui. Nem em lugar nenhum. É disso que se trata este filme.

Todo mundo fica em silêncio, então Naomi começa a chorar, Martin me abraça e Leo murmura:

— Ah, pelo amor de Deus.

Para ficar claro, eu não me dispus a escrever um grande tratado sobre vitimismo. Na verdade, só decidi escrever uma história romântica para a TV pelo valor padrão de US$ 25.000, de modo que eu pudesse pagar meus impostos imobiliários e impedir que meu nome fosse listado no jornal local. De novo. Fico irritada de pensar que as pessoas acreditam que estou sofrendo financeiramente sem o Ben. Até parece. Tirá-lo da minha fartura de cartão de crédito foi uma sorte inesperada. No mês passado, minha fatura foi de US$ 795,34, gastos principalmente com alimentação e coisas úteis. Ter pleno controle sobre esse número é quase a parte favorita da minha nova vida. Isso e poder me espalhar como uma estrela do mar na cama.

Estou fazendo uma digressão.

A história começa em uma bela cidade universitária muito parecida com Amherst. Descrevi o encontro do jeito fofo que aconteceu. Interior: auditório. O belo Jay Levinthal está sussurrando em meu ouvido, e eu dou risada. Corta para Ben vendo essa interação. A aula acaba e estou esperando para conversar com o professor. Ben se aproxima.

— Eu nunca conheci você — diz ele. Eu me lembro exatamente disso, porque é uma estrutura muito estranha de frase. A ideia era expressar que nós dois não nos conhecíamos ainda, mas, quando ele diz isso, põe o foco sobre si mesmo. Nunca se deve esquecer do primeiro sinal de alerta.

— Aposto que você não conhece muitas pessoas — retruco.

— Não, eu costumo conhecer todo mundo. — E como se quisesse provar isso, ele acrescenta: — Sou Ben Hamilton. — Ele diz seu nome de um jeito afetado, como se significasse alguma coisa, como se as palavras pudessem conjurar um conjunto de imagens e expectativas. Como se dissesse que seu nome era Oprah Winfrey.

— Nora Larson — digo, olhando para trás. É minha vez de falar com o professor.

Ben apareceu na biblioteca onde eu estava estudando, no refeitório, no bar que meus amigos e eu íamos toda sexta à noite. Ele não era o tipo com quem sairia normalmente. Ele era tão óbvio em sua confiança, tão irritantemente extrovertido. Sua energia exigia atenção, como se as pessoas ao seu redor estivessem todas venerando-o em seu templo. É difícil explicar como é ter uma pessoa assim concentrando toda a sua atenção em você. Não sei se isso fica claro no filme, mas há um momento em que adotei o sistema de crenças das outras pessoas, e de repente estou venerando-o também. Ninguém podia acreditar na minha sorte: namorar e depois me casar com Ben Hamilton. Com o tempo, eu também não podia acreditar.

Só quando estava fazendo a lista de convidados do nosso casamento descobri que Jay Levinthal era um grande inimigo de Ben. O que basicamente explicava tudo.

Leo está bebendo um líquido âmbar em um dos meus copos no balanço da varanda quando entro na garagem com meus filhos depois da escola. Dois caminhões foram embora, então há espaço para estacionar na frente de casa. Arthur passa direto por ele sem cumprimentá-lo. Bernadette se senta ao seu lado e lhe oferece sua covinha.

– Você cheira como meu pai. – Ela quis lhe fazer um elogio e confirmou minha desconfiança de que é uísque naquele copo. Do Ben, acho. Quase fiquei louca quando ele pagou 86 dólares naquela garrafa estúpida. Fiquei satisfeita quando se esqueceu de levá-la com ele, mas talvez esteja mais satisfeita de ver Leo bebendo-o sem qualquer cerimônia, como se fosse um copo de suco. Ben ficaria com muita raiva.

– Sorte a minha – diz ele, e ergue o copo em um brinde. Ele não me parece especialmente bêbado, mas uma pessoa que fica levemente embriagada o dia inteiro. – Eu gosto deste lugar.

– Eu também. O sol nasce aqui – confidencia Bernadette.

– Bem aqui?

– É.

– Uau.

– Se você ficar, pode ver amanhã.

– Acontece todo dia?

– Acho que sim. – Os dois olham por cima das árvores, e tenho a estranha sensação de que estou sobrando ali.

– Então, eles estão terminando lá nos fundos? – pergunto.

– Acho que sim. Estão revisando tudo pra ver se tem alguma coisa que precisa ser filmada de novo. Vou estar de volta à civilização antes da hora de dormir.

Alerta de gatilho: esse é o tipo de coisa que Ben poderia ter dito. Ele minimizava a vida que escolhi e trabalhei tão duro para construir como se ela não valesse nada. Na esquina da arrogância com a estupidez, se encontra o pior tipo de pessoa. De repente, eu mal posso esperar para que esse cara dê o fora da minha varanda, do meu espaço e se afaste da minha família.

– Bom, então aproveite. Vamos lá, Bernie, precisamos fazer o seu dever de casa.

Às cinco horas, tenho um frango assando no forno e uma garrafa de *sauvignon blanc* na geladeira. De acordo com nosso contrato, eles têm que sair daqui até às seis, ou têm que me pagar por um terceiro dia. Tudo o que preciso fazer é me despedir graciosamente e observá-los indo embora. Foi divertido brincar de Hollywood por dois dias, mas agora sei que dois dias são o limite. Nós precisamos voltar à linha, três pessoas operando como uma máquina bem lubrificada. Preciso começar a escrever alguma coisa nova. Arthur precisa decorar suas falas. Bernadette precisa cair na real. Além disso, os pneus em meu gramado estão fazendo com que eu me contorça.

Relaxo pensando na simplicidade que é escrever para O Canal do Romance. Vou voltar a fazer isso amanhã. Vou escrever um romance despretensioso com o final mais feliz possível, com cães e crianças adoráveis, encontros casuais e sobremesas caseiras. E vou fazer isso sem nenhum custo pessoal. Essa última coisa foi só uma espécie de grito silencioso.

Às cinco e meia, eu vou lá fora atirando meus "obrigada por virem" para lembrá-los de partir. Meus filhos insistem em vir comigo. Nós vamos de mãos dadas até a casa de chá e vemos dois câmeras levando embora seus equipamentos de iluminação.

– Tudo arrumado – um deles fala para nós.

No interior, Weezie está tirando os lençóis do sofá-cama.

– Ei, gente, nós já vamos deixar vocês em paz.

Ela os substitui pelos meus lençóis de girassol desbotados, os que eram inapropriados para Hollywood, e rapidamente a casa de chá é minha outra vez. O chão de pedra está demasiado limpo e o fogo está ardendo de forma agressiva demais, mas é perto o bastante.

Todos nos encaminhamos para a frente da casa e nos despedimos. Naomi para e me dá um abraço.

– Esse filme me desgastou muito, mas eu entendi. E espero que outras pessoas também entendam. É importante o que você escreveu.

Bernadette praticamente desmaia.

Tenho que erguer a cabeça para olhar para Naomi, porque por algum motivo ela resolveu botar saltos de dez centímetros para sua viagem de volta até a cidade.

– É uma sensação muito boa ouvir isso, obrigada.

Ela muda de voz para falar com meus filhos, assumindo um tom mais agudo e alto.

– Até logo, fofos!

Eles se despedem com suas vozes mais adultas, em autodefesa.

Martin me agradece. Ele quer saber se pode voltar à casa de chá para um evento de imprensa. Eu digo que não, e ele ri. Nós estamos quites. Weezie está pedindo para todos entrarem em seus veículos quando Leo sai de seu trailer para acenar. *Tão mal-educado*, penso. Ele invadiu minha casa e bebeu minha bebida por dois dias, era de se esperar que pudesse andar cinco metros e se despedir direito.

Arthur e eu acenamos enquanto Bernadette corre até ele para lhe dar um abraço. O gesto em si ou a força dele pega Leo de surpresa, e ele retribui o abraço. Eles trocam algumas palavras e ele toca sua covinha. Leo torna a entrar no trailer.

– O que ele falou? – Arthur pergunta quando ela volta.

– Ele queria saber se o sol ia nascer amanhã. Eu falei que acho que vai e que agora ele está cheirando como o tio Rick.

– É gin – comento. E nós entramos para ouvir Hollywood indo embora.

CAPÍTULO 3

❧

LEO DESAPARECEU.

A ligação de Weezie me interrompe no meio de *Roda da fortuna* e de minha taça de vinho.

– Desapareceu como?

– Quero dizer que não conseguimos encontrá-lo. Bruno rebocou o trailer até a frente do prédio dele para deixá-lo em casa, um feito nada desprezível, segundo ele, só que o trailer estava vazio. Eles não pararam pra abastecer nem nada no caminho. Eu só estou, bem... estou meio que surtando.

– Bom, ele não está aqui. É isso o que você está pensando?

– Não sei. Só que Leo tem andado estranho nessas últimas semanas, um tanto desconectado e bebendo demais, a menos que esteja diante das câmeras. Estou preocupada.

– Certo, mas ele não está na minha casa. Não tenho espaço suficiente pra não perceber um homem adulto se escondendo. Quer que eu veja na casa de chá? Na verdade, é o único outro abrigo além da casa, e está chovendo aqui.

Com um suspiro e um revirar de olhos, visto o casaco e as botas e saio pela porta dos fundos na direção da casa de chá. Através da chuva, vejo que ela está escura. A porta está fechada, então está parecendo mais um beco sem saída em vez de um começo. À medida que vou me aproximando e ficando mais molhada, começo a perder a paciência com esse homem triste e mimado que tem a coragem de simplesmente desaparecer e deixar todo mundo preocupado.

Empurro e abro a porta, talvez de forma agressiva demais, e não há ninguém ali. Olho por alguns segundos para o sofá-cama vazio, o lugar perfeito para ele se esconder e conseguir um pouco mais da atenção de que ele não precisa.

Meu vinho não está mais saboroso quando entro em casa. Mando uma mensagem para Weezie lhe dizendo que ele não está aqui. Ela garante que, se alguma coisa tivesse acontecido com Leo, já seria notícia, o que é bom. Nós duas estamos nos sentindo maternais, percebo, e combinamos de ligar uma para a outra se tivermos alguma notícia. Fico satisfeita por ser parte disso, embora não saiba sequer por que me importo. Pode ser porque ele é o protagonista do filme que escrevi, mas, se tivesse uma morte trágica, isso apenas aumentaria a venda de ingressos. Tento revisar toda a sua persona para ver se tem alguma coisa nele de que gosto. Leo se acha e é rude, e nunca diz obrigado. Paro no fato de que gosto do jeito como ele fala com Bernadette. O jeito como percebe as coisas. Um observador é uma pessoa que nunca pode ser inteiramente autocentrada, embora ele chegue bem perto.

Tranco a porta e mando meus filhos irem para a cama. Ambos querem que eu leia um capítulo de *Jogos vorazes*, que é sombrio e adulto demais para eles, mas concordo, porque quero me sentir impetuosa. As crianças adormecem ao meu lado e decido deixar que durmam na minha cama. Pego no sono com Katniss na cabeça, satisfeita por ter recuperado meus domínios.

. . .

O sol me acorda se me esqueço de fechar as cortinas. Essa é a principal razão para eu nunca fechar as cortinas. Saio em silêncio da cama para não acordar meus filhos e vou para a cozinha ligar a cafeteira. O sol está nascendo, aquelas pessoas foram embora, e hoje vou escrever. Sinto a agitação característica de Bernadette borbulhando dentro de mim.

Visto meu suéter matinal por cima da camisola e levo meu café para a varanda da frente. O amanhecer está maravilhoso. O céu está de um rosa brilhante. A chuva parou e tudo tem uma aparência de recém-lavado, como pimentões que acabaram de ser molhados na seção de hortifruti.

– Oi. – Eu me viro com esse cumprimento e derramo metade do meu café. Leo está sentado no balanço da varanda, enrolado em seu edredom, com os pés embaixo do corpo.

– As pessoas estão preocupadas com você.

– Eu sei. Vou telefonar. Mas venha e sente-se por um segundo antes que o espetáculo termine.

Sou teimosa demais para me sentar, então me viro para aproveitar o resto do alvorecer antes que eu faça picadinho desse cara. Quando torno a olhar para ele, Leo está me dando um sorriso delicado, jovem e aberto, de alguém realmente satisfeito. Ele diz:

– Sua camisola é transparente. Você tem belas pernas.

Disparo enlouquecida para o balanço e escondo minhas pernas sob o corpo.

– Você é uma figura – digo, aceitando metade do seu edredom.

Ficamos sentados em silêncio por um tempo observando as cores se dissiparem no céu. Não quero fazer as perguntas que sei que vão me engolir em sua autopiedade. E ele não parece muito interessado em me contar por que passou a noite em minha varanda na chuva.

Depois de um tempo, digo:

– Você precisa mandar uma mensagem pra Weezie.

– Está bem. – Ele pega o celular e digita algumas palavras. – Satisfeita?

– Eu estava, cerca de cinco minutos atrás. Na verdade, estava em êxtase pelo dia de hoje. Mas aí encontro um intruso na minha varanda e fico me perguntando se vou ter que chamar a polícia e ver um monte de carros no meu gramado outra vez.

– O que você ia fazer hoje?

– Escrever.

– Outra história de amor deprimente em que não há amor?

– Não.

Bernadette chega na varanda com um copo de suco de laranja, esfregando os olhos.

– Eu perdi?

– Perdeu –Leo diz, abrindo espaço para ela no balanço.

– Leo! O que você está fazendo aqui? Você dormiu aí?

– Dormi. Eu queria me assegurar de que vocês não estavam mentindo pra mim sobre o nascer do sol. E vocês não estavam. Foi mesmo espetacular.

Bernadette sorri quando aquele astro lhe oferece a última ponta de seu edredom.

– Minha mãe faz panquecas. E às vezes bacon. – Ela podia muito bem pendurar uma placa de VENDE-SE em mim.

– Meu Deus, são quinze para as sete. Arthur já levantou?

Deixo os dois se balançando na varanda e entro no modo matinal. Enquanto Arthur está no banheiro, supostamente fazendo progresso no sentido de se arrumar, eu visto meu short de corrida e calço os tênis. Hoje ainda é dia de escrever, e não vou me desviar por causa do Leo Vance em minha varanda.

Desço e encontro Leo e Bernadette sentados à bancada em um silêncio confortável. O cara olha para minhas pernas outra vez e sorri como se nós agora tivéssemos uma piada interna. Faço mais café, principalmente porque derrubei a maior parte do meu. Começo a fritar bacon e a fazer ovos mexidos. Me restaram três *English muffins*, o que seria perfeito se eu não tivesse um penetra no café da manhã. Resolvo abdicar do meu.

Arthur desce limpo, mas ainda com cara de sono.

— Minha mãe disse que você estava aqui. Por quê?

— Ele queria mesmo ver o sol nascendo em nossa varanda – responde Bernadette. — O que ele fez – ela acrescenta, dando um sorriso conspiratório para Leo.

— O sol nasce em todos os lugares, idiota.

— Arthur – repreendo extremamente séria, como se de repente estivesse fingindo ser uma mãe perfeita.

Coloco os pratos fumegantes diante dos três e me escuto dizer:

— Mais?

As crianças olham para mim. "Mais" em tom de ordem, não de pergunta, era algo que Ben costumava falar no café da manhã. Ele empurrava a caneca na minha direção, às vezes erguendo os olhos, às vezes, não. Eu respondia "É claro" enquanto o servia, e alguém que não vivesse em nossa casa podia achar que eu quis dizer "É claro, seria um prazer servir mais café na sua caneca pra você poder beber." Aqueles que estiveram fervilhando nessa panela por algum tempo poderiam ouvir a mensagem subliminar: "Como eu fiz o café da manhã e vou lavar todos os pratos e você na verdade vai ficar aí sentado o dia inteiro, é claro que eu posso fazer mais uma coisa e encher sua caneca, seu preguiçoso…".

— Claro – responde Leo, que provavelmente nunca preparou o próprio café, então ele não sabe que esse é um tópico carregado.

— Você se molhou dormindo na varanda? Parece até divertido, mas também parece úmido – diz Bernadette.

— Foi meio divertido, meio molhado. Além disso, há uma razão pras pessoas dormirem em colchões, e não na madeira. – Leo estica os braços no ar como se estivesse tentando se espreguiçar, mostrando cinco centímetros da barriga perfeitamente sarada.

— Bom, você vai voltar pra sua casa esta noite, certo? – pergunta Arthur.

— Claro. – Leo está procurando alguma coisa no fundo de sua caneca. – É um apartamento. Mas lá não é muito mais confortável.

Está bem, agora é hora de sentir pena do cara que mora em uma cobertura. Preciso retomar o controle da manhã.

— Gente, limpem seus pratos e peguem suas mochilas. Bernie, você tem aula de Artes hoje, então leve sua pasta. – Eles se levantam, carregam seus pratos e pegam suas coisas.

Bernadette dá outro abraço em Leo.

— Volte alguma hora pra ver outro nascer do sol. Ou pra um piquenique. Aqui é divertido, eu juro.

Sinceramente, vou ter de refazer toda a conversa sobre o perigo de conversar com estranhos.

— Obrigado – diz ele. – E o bacon também está bom.

Estamos parados no alto da escada da garagem, com a porta aberta e as mochilas nas costas. Leo não se mexeu.

— Então, talvez Weezie possa mandar um carro pra você – sugiro.

— Certo, vou escrever pra ela – diz ele, sem pegar o telefone.

Levo meus filhos para a escola e volto para casa através do meu túnel de botões de magnólia. Leo voltou para o balanço na varanda e está enrolado em seu edredom. Estaciono na garagem e organizo os pensamentos. Depois de respirar fundo algumas vezes, subo a escada para a cozinha. Ele levou o prato para a pia, o que, sinceramente, é mais do que eu esperava.

Eu costumo me alongar na varanda antes de sair para correr, mas não quero ouvir nenhuma piadinha de Leo, então faço isso na cozinha. Quando volto à varanda, parece que sua carona vai chegar a qualquer segundo.

— Então, faça uma boa viagem — digo.

— Está de saída?

— Vou dar uma corrida.

— É saudável. — Ele deixa o edredom cair um pouquinho. — Está esquentando.

— É. Certo. Tchau. Foi bom conhecê-lo. Boa viagem outra vez.

Estou descendo os degraus da varanda e sei que ele me observa. Sinto-me envergonhada demais para começar a correr, então saio andando pela entrada de carros até ter certeza de que desapareci em meio às magnólias.

Depois de correr por três quilômetros na ida e três quilômetros na volta, chego encharcada de suor e vibrando com as endorfinas. O balanço da varanda está vazio. *Meu balanço*, penso.

Fico mais surpresa do que devia ao encontrar Leo com os pés em cima da minha mesa da cozinha. Agora ele está fazendo as palavras cruzadas de quinta-feira, e percebo que está se esforçando de verdade. Isso me irrita, e eu sei que é mesquinharia.

— Nada de carona?

— Eles devem estar muito ocupados — ele responde. Fico desconfiada. — Onde está o resto do jornal? Procurei lá fora.

— Eu não recebo jornal. Um amigo guarda as palavras cruzadas pra mim.

Assim que digo isso, eu fico constrangida. Em seguida, meu constrangimento faz com que eu me sinta um pouco envergonhada, o que me deixa com raiva, e não gosto de nenhum desses sentimentos. Leo Vance recebeu 15 milhões de dólares para estrelar *A casa de chá*. E eu estou vivendo de palavras cruzadas dos outros.

– Vou tomar um banho – digo, já me dirigindo para o andar de cima.

Pego meu jeans mais macio e meu suéter velho favorito e os levo para o banheiro comigo. Lavo meus cabelos escovados e os deixo molhados para voltar a parecer comigo mesma.

– E se você me deixar ficar por uma semana?

Aparentemente, a carona de Leo não está a caminho. Ele está me seguindo bem de perto para a casa de chá, meio que arruinando o clima. Estou com meu notebook, minha vela especial, meus dois lápis apontados e uma caneca de chá. E estou tentando ignorá-lo.

– Não.

– Eu não vou incomodar você.

– Tarde demais.

– Você pode escrever o dia inteiro, talvez eu saia pra umas caminhadas. E vou ficar muito na varanda olhando as árvores. Se ficar completamente imóvel, pode vê-las respirar e acenar umas pras outras.

Paro e me viro para ele.

– Você tomou ácido?

– Não. Só preciso sair da cidade grande. Deixe-me ficar aqui; você deve ter um quarto extra. Pago mil dólares por dia.

– Não tenho um quarto extra. Vá pra um hotel.

– Daria no mesmo voltar pro meu apartamento em Nova York. Ele parece um hotel. E eu detesto hotéis.

Ele para quando nos aproximamos da porta aberta da casa de chá.

– Uau.

– Você acabou de passar dois dias aqui.

– Eu não estava olhando.

Determinada a ignorá-lo, coloco o notebook sobre a mesa e a caneca do lado. Acendo o fogo antes de me sentar à mesa, botando um lápis à esquerda do computador, fazendo um coque no cabelo e prendendo-o com o outro. Ele fica parado olhando fixamente para mim.

– O que é tudo isso?

– É um ritual. Vou começar a escrever. Em seguida vem a vela.

– Minha nossa.

Ele se deita no sofá-cama com os braços cruzados sob a cabeça. Está de frente para as janelas de aço da parede dos fundos, que dá para a floresta. Com o sol das dez horas, a vegetação recebe um pouco de luz. Hoje, a paleta é uma mistura de flores brancas e folhas novinhas verde-aipo. A paisagem é tão bonita que me distrai, e é por isso que escrevo de costas para ela.

– Eu gosto mesmo disso aqui – diz ele.

– Você já disse isso.

– Deixe-me ficar uma semana, serão sete mil dólares, e você nunca mais vai tornar a me ver.

Sete mil dólares iam mais que cobrir novas calhas em minha casa. Novas calhas iam reduzir a deterioração que vi tomar lentamente as janelas centenárias. Eu poderia até consertar o vazamento que estou ignorando no sótão. Talvez sobrasse dinheiro para uma viagem à Disney no verão, a última oportunidade de viajar com as crianças, antes de acordar com dois adolescentes.

Ou melhor, sete mil dólares iam cobrir grande parte dos impostos imobiliários do próximo ano, me dando o luxo de não ter que passar por dificuldades.

– Você já sentiu como se estivesse desaparecendo? – pergunta ele. – Como se tivesse certeza de que um dia vai acordar e descobrir que as partes mais verdadeiras de você foram substituídas pelos planos de outra pessoa?

Hum, eu acabei de escrever um filme sobre isso. Acredito que tenha lido o roteiro.

Quantas vezes acordei ao lado de Ben e me perguntei *Aonde eu fui parar?* Seu rosto refletia indiferença ou uma leve aversão, e eu tentava me lembrar da época em que eu era uma pessoa que merecia ser amada. Não sabia para o que Ben estava olhando, mas não era para mim. Eu tinha desaparecido.

A expressão de Leo está muito aberta, e posso ver que ele se permitiu ficar vulnerável. Ele está em uma espécie de queda livre, e um serviço de quarto não pode resolver isso.

– Já, sim. Mas por que ficar aqui vai ajudar? Não há nenhum retiro ou *ashram* que possa fazer você botar os pés no chão? Algum lugar com uma comida melhor? E profissionais?

– O sol nasce aqui, Nora.

Uma pessoa normal, ou mesmo meu filho de 10 anos, podia lhe dizer que o sol nasce em todos os lugares. *É assim que o sol funciona, gênio.* Mas sei exatamente do que ele está falando. O sol nasce aqui de um jeito que parece lavar o mundo inteiro. Ele toca cada folha, deixando-me ao mesmo tempo centrada e inspirada. Foi aqui que encontrei meu eu perdido outra vez.

– Está bem. Sete dias. Seis noites. Hoje é o primeiro dia. Você pode ficar aqui fora.

– Aqui fora? – Ele se alonga e olha ao redor. – Perfeito. Onde você vai escrever?

– Talvez você possa estar em outro lugar entre as dez e as duas horas nos dias em que escrevo?

– Dez e duas?

– É. Eu tenho uma agenda flexível. O nascer do sol e o café dependem da época do ano, claro, mas eu levo meus filhos pra escola às oito, corro até às nove, tomo banho e limpo a casa até às dez. Escrevo das dez às duas. Cochilo até às quinze para as três, pego meus filhos às três. Lição de casa e jantar. *Roda da fortuna* e vinho. Cama.

– Bom, parece bem flexível, hein. Você já foi militar?

– Ei, funciona.

Sei muito bem que não vou conseguir fazer nada hoje. Pelo visto, tenho um hóspede e já são dez e meia, então meu cronograma está perdido. Estou olhando para uma página em branco e o cursor piscante do destino, e não vou conseguir começar um projeto novo com o homem mais sensual do mundo cochilando às minhas costas.

Ergo os olhos e o encontro olhando fixamente para mim.

– Estou incomodando você? – pergunta ele, mas não parece lamentar isso.

– Não. Bom, talvez. Mas não vai rolar de escrever hoje. – Fecho o notebook e pego os lápis e a caneca. – Vou reduzir os danos e fazer algumas tarefas. Pode descansar aqui. – Coloco um peso no jeito como eu disse "descansar", e espero que ele não tenha percebido. *Descansar.* Como se um homem solteiro que usa maquiagem e ganha a vida brincando de faz de conta realmente precisasse descansar.

– Posso acompanhá-la?

– Nas minhas tarefas? – Devo ter feito com que isso parecesse mais interessante do que é. – Só vou ao mercado.

– Estou dentro – diz ele, botando os pés no chão. – Eu gostaria de ver seu mercado.

Ele me segue até a cozinha, e eu pego a bolsa e as chaves do carro. Congelo no alto da escada da garagem. Há um pouco de gordura de bacon na manga do meu suéter, e eu não tenho problema com isso, mas não quero que Leo Vance veja minha garagem imunda. Não quero que Leo Vance entre em meu Subaru sujo.

– Você está bem? – indaga ele.

Eu me viro e olho para ele, sentindo todo o impacto de quem ele é. Leo brilha um pouco, e eu me pergunto se ainda está com resquícios da maquiagem da véspera. O que quer que esteja procurando aqui no interior provavelmente pode ser encontrado na varanda, mas ele não vai encontrar cura nenhuma na minha garagem.

– Vamos – ele fala, abrindo a porta para a escada.

Leo está descendo à minha frente, e não há como voltar atrás.

Minha garagem é grande o suficiente para acomodar dois carros pequenos, mas com o cortador de grama, o carrinho de mão, meu latão de compostagem e um grande saco de fertilizante, é preciso andar meio de lado para entrar. Há um cheiro doce de deterioração com toques de mofo e esterco, e não consigo abrir a porta rápido o bastante.

– Terroso – Leo diz, abrindo a porta do passageiro.

Ele se senta, e ambos examinamos o estado do veículo. Há uma camada de poeira sobre o painel e duas caixas de suco aos pés dele.

– Arthur só começou a andar no banco da frente recentemente – falo, oferecendo-lhe uma explicação, como se ele fosse achar que sou eu quem bebo caixas de suco enquanto dirijo. Meu porta-copos está grudento e cheio de moedas e recibos de gasolina. Não posso culpar meu filho por isso.

Leo chuta as caixas de suco para o lado e abaixa a janela, e vou saindo da garagem. As magnólias que ladeiam a entrada de carros estão especialmente galanteadoras esta manhã, explodindo com flores gigante. É como se seus hormônios estivessem reagindo à presença de um homem de verdade. Quase fico constrangida por elas.

– Então, a que distância fica o mercado? – pergunta ele. Leo está olhando diretamente para mim e esperando uma resposta enquanto eu sigo pela entrada de carros até a rua, me esforçando para encontrar a resposta.

É claro que eu devia levar Leo ao mercado Whole Foods em Pheasant Landing. Só fui lá algumas vezes, mas é maravilhoso e reluzente. É o Leo dos mercados. Fica a quinze minutos de distância e teríamos que pegar a estrada, mas esse parece mais sua cara do que o lugar em que faço compras. Tenho dificuldade para imaginá-lo no Stop n' Save. É mais perto e muito mais barato, mas é bem ordinário, por dentro e por fora. O lado positivo é que lá tem caixas automáticos, então não preciso falar com outro ser humano, e às sextas-feiras quase sempre tem produtos enlatados em promoção. Estou chegando na rua: esquerda para o Stop n' Save ou direita para a estrada? Estou sete mil dólares mais rica do que estava quando acordei de manhã, então eu podia virar à direita se quisesse. Mas não posso lidar com outro cara me forçando a aumentar minha fatura de cartão de crédito, então viro à esquerda.

Paro o carro no estacionamento do Stop n' Save e desligo o motor.

– Você tem alguma ideia de onde está se metendo?

– Não. Por isso estou aqui. – Ele me dá um sorriso jovial e cheio de expectativa.

– *Meia-noite em Jacarta* – digo. Ele olha para mim intrigado. – O sorriso. É o sorriso que você deu pros seus pais, pros comerciantes e até pro chefe de polícia em *Meia-noite em Jacarta*.

– Assustador – ele fala.

– Você reciclar sorrisos de filmes antigos? Concordo.

– Você perceber.

Ele ri e sai do carro.

– Você pode apenas tentar se encaixar? – pergunto, pegando as sacolas de compras no banco traseiro. Ele está de jeans, camiseta branca e jaqueta de couro preta que provavelmente custou o valor do meu carro. – Talvez tirar a jaqueta?

Ele a tira e, de repente, é todo ombros e abdômen, e tenho que desviar os olhos.

– Vista a jaqueta outra vez.

Ele quer saber para que são as bolsas, e apenas sacudo a cabeça. Escaneio o cartão do Stop n' Save para usar a pistola do caixa automático, e ele fica impressionado.

– Então isso simplesmente sabe o que você está comprando?

Ele gira a pistola nas mãos, olhando para o leitor como se fosse capaz de ver os homenzinhos que a fazem funcionar.

– É, pelos códigos de barra.

– E as frutas?

– Vou lhe mostrar – respondo.

Uma mulher mais velha que não conheço está bloqueando a entrada da seção de hortifruti. Ela parece uma estátua com as mãos no carrinho de compras cheio, de boca aberta. Leo diz:

– Olá.

Ela fala:

– Leo Vance.

– Sim.

– Leo Vance – diz ela outra vez, sem se mover um centímetro.

– Você me pegou. – Depois de lhe dar tempo mais que suficiente para processar a informação, ele prossegue. – Certo, então, nós temos compras a fazer. Estou com o *scanner*. – Ele acena a coisa para ela e dá um sorriso que não consigo identificar, mas que já vi antes na tela grande.

Como sempre, me aproximo da seção de hortifruti com cautela. Tem sempre alguma merda acontecendo ali – mulheres fazendo confidências sobre seus casamentos, antigas confissões, confrontações inapropriadas. Não quero nem começar. Então, quando ergo os olhos e vejo Anita Wallingford vindo em minha direção, não fico surpresa.

Leo está de costa, examinando a seleção de bananas. Ele está murmurando que as bananas são baratas, mesmo as orgânicas, enquanto as pesa e imprime a etiqueta. Anita começa imediatamente.

– Oi, Nora! Tudo bem com você? – Ela faz uma expressão desagradável. – Fiquei sabendo do Ben. Que horror.

Assinto, concordando, torcendo para mudarmos de assunto.

– Não acredito que você não me ligou. Quero dizer, tive que ouvir de outra pessoa e me senti muito magoada.

Essa é inacreditável, mesmo vindo de Anita. Mesmo na seção de hortifruti. Só consigo repetir as palavras que ficaram registradas.

– Você está magoada porque Ben me deixou?

– Você devia ter ligado pra mim. Quero dizer, eu acreditava que nós éramos…

Sinto uma mão em meu ombro. Leo se virou para conferir a expressão dela.

– Ela tem andado muito ocupada. Sou Leo.

Ele estende a mão e oferece para ela o que presumo ser um olhar sensual. Eu quero ver isso, já que ele nunca deu um olhar sensual para mim, só que não consigo tirar os olhos da terrível Anita Wallingford. A mulher olha para ele, depois para mim, e então para Leo novamente. O pequenino microcomputador por trás de seus olhos começa a superaquecer. Ela pode entrar em curto-circuito. Por um breve momento, passo a amar a seção de hortifruti.

– Bom te ver – digo, pegando Leo pelo braço e seguindo para a seção de *delicatessen*.

– Qual o problema daquela mulher? E quem é Ben?

– Ben é Trevor. E não falo sobre ele no supermercado.

– Então aquela é uma história verídica? Você é Ruth?

– É verídica em grande parte, e em grande parte eu sou a Ruth.

– Fodona – Leo diz, assentindo em aprovação.

Estou estudando as opções de frango. Um frango inteiro custa US$ 7,99 o quilo, um frango inteiro cortado em partes custa US$ 8,50 o quilo, e o peito desossado é US$ 7,50 o quilo. Juro que às vezes a seção de aves do Stop n' Save parece a Bolsa de Valores de Nova York, onde preços sobem e descem de forma aleatória e só os mais sábios se dão bem. Confesso que sou uma gênia do frango.

– Está tendo um ataque ou alguma coisa assim? – Leo me observa avaliando o frango.

– Não, só estou fazendo contas. Acho que vou levar esses, assim não pagamos pelos ossos. – Pego dois pacotes de peito desossado.

Leo pega um pacote de peru moído.

– Você precisa disso pro seu bolo de carne nojento?

– Não na sexta. Peru moído geralmente entra em promoção aos domingos. Quase sempre.

– Ah. Quando se compra bife?

– Perto do Natal.

Leo não parece ter muita experiência em carregar compras, mas consegue fingir bem e sobe a escada da varanda com algumas sacolas. Há uma mala de rodinhas Louis Vuitton ao lado da porta da frente, junto com uma embalagem de papel grande e branca.

– O que é tudo isso?

– Ah, eu pedi pra Weezie me mandar umas coisas de casa e ela comprou almoço no Louise's. Você gosta de sopa de lagosta?

– Eu normalmente não almoço. Por que não guardo essas coisas e você come na casa de chá?

– Já está cansada de mim?

– Um pouco – digo.

Ele faz uma continência de brincadeira e leva suas coisas pela porta dos fundos.

Mando uma mensagem para Kate. Mando uma mensagem para Penny. Acabo recebendo uma quantidade satisfatória de choque e surpresa. Leo Vance vai passar a semana aqui.

CAPÍTULO 4

❧

SEI QUE TODO MUNDO ESTÁ SABENDO SOBRE O LEO NO segundo em que saio do carro. Mães de batom e cabelo escovado me cumprimentam decepcionadas. Kate é a me primeira a perguntar:

– Onde ele está? E é bom que você saiba que eu não comentei sobre isso com ninguém.

– A gente viu Anita Wallingford no Stop n' Save, então a notícia está correndo rápido. Em uma virada engraçada, ela está supermagoada porque Ben me deixou.

– Isso parece correto. Espere, "a gente"?

Nos encaminhamos para o parquinho e nos posicionamos a uma distância segura das portas que logo vão se abrir para que nossas crianças se derramem para fora.

– É. Ele quis ir comigo. Se eu não tivesse saído escondida, provavelmente também estaria aqui. Acho que está tendo uma espécie de crise na qual ele quer fingir ser uma pessoa comum por algum tempo. O preço das bananas abalou seu mundo.

– Elas estão estranhamente baratas.

– Estão.

– Então onde ele está?

– Na casa de chá. Leo levou almoço para lá, só uma sopa de lagosta enviada de Manhattan, a duas horas e meia atrás.

– Não acredito – ela fala pela centésima vez.

Nossos meninos saem primeiro, largam as mochilas aos nossos pés e correm para a quadra de basquete. Bernadette e Cooper, o filho mais novo de Kate, saem alguns minutos depois e vêm direto até nós.

– É verdade que Leo Vance passou a noite na sua varanda? – Cooper quer saber.

– É.

– Viu?

Bernadette faz uma careta para ele.

– E ele vai ficar mais uma semana.

Ao me ouvir falando isso, me dou conta pela primeira vez de que meus filhos podem ficar desconfortáveis. Tê-lo em casa talvez amplifique seus sentimentos sobre a partida de Ben. E meu Deus, como saber que ele não é um pervertido?

– Se vocês concordarem – acrescento.

Bernadette pula nos meus braços.

– Ah, mãe, essa vai ser a melhor semana de todas. Um astro de cinema dormindo na nossa casa! – Depois que o abraço termina, ela se volta para Cooper, faz uma careta e declara que precisamos ir embora.

No carro, tento explicar as coisas. Sim, ele tem onde morar. Não, Leo não está tendo um colapso nervoso. Talvez queira apenas um pouco de paz e privacidade. Talvez ele queira experimentar o bolo de carne. Bernadette pontua cada uma das minhas frases com um "ah, meu Deus". Arthur fica em silêncio. E continua em silêncio quando entramos na garagem e quando ele começa a mexer na mochila já na cozinha.

Eu insisto.

– Querido, está tudo bem com você? Está chateado por eu ter falado pro Leo que ele podia ficar?

– É só estranho, mãe. Ele não é nem... Esquece. Está tudo bem.

– Pode ser divertido – digo. – E é só por uma semana.

– Está tudo bem.

Isso é tudo o que vou conseguir de Arthur.

Por volta das cinco horas, Leo bate na porta do solário. Bernadette corre para convidá-lo para entrar.

– Oi! O que você estava fazendo lá fora? – pergunta ela.

– Tomei um pouco de sopa, li um pouco e peguei no sono. Tarde perfeita. Estou convidado pro jantar? Estava pensando em experimentar sua comida estranha.

Ele faz uma careta, e Bernadette o imita.

– O jantar está incluso – digo. É sexta-feira. Noite de massa.

Arthur ergue os olhos de seus papéis.

– Oi – Leo diz. Reconheço: ele sabe ler a situação. Ele se dá bem com Bernadette, mas não com Arthur. Ele pega uma taça do meu *sauvignon blanc* barato na geladeira e se senta a duas banquetas de distância de Arthur. – Lição de casa?

Arthur mal ergue os olhos.

– Não, é uma peça.

Leo pergunta:

– Você está só lendo ou vai atuar?

– Estou na peça do quinto ano, *Oliver Twist*. Sou Fagin. Só tenho cinco dias pra aprender isso tudo. – Arthur ergue sua cópia para mostrar a quantidade de páginas.

Leo olha para a taça.

– Não faça isso, cara.

– A peça? – Arthur pergunta.

– Qualquer tipo de atuação. – Leo olha direto para ele. – Se quiser que isso se torne seu trabalho, você vai acabar deixando de ser qualquer coisa. Vai virar uma não pessoa. Uma massa que se esfrega em um jornal.

— Você está bêbado? – Arthur pergunta, e eu quase cuspo o que tenho na boca. Estou me perguntando a mesma coisa.

— Ainda não – diz Leo.

— Está apaixonado por Naomi Sanchez? – Bernadette pergunta.

— Bernie! – Eu a repreendo. – Não é da nossa conta.

Leo ri.

— Ela é bonita. Mas cá entre nós, ela é meio má.

— Garotas bonitas sempre são – Bernadette comenta, e todos nós damos risada.

— O que mais vocês querem saber? – Leo pergunta, servindo-se de mais um pouco de vinho. – Aliás, isso é horrível – ele fala para mim.

Arthur dá de ombros e aponta para Bernadette, que com certeza tem mais perguntas.

— Minha mãe disse que você não está tendo um colapso nervoso.

— Verdade? – ele pergunta para mim.

— Não tenho certeza se é verdade, mas eu disse isso mesmo.

Começo a descascar cenouras na pia.

— Não, não estou – ele responde. – Mas minha mãe morreu, e me fez pensar em muitas coisas.

Eu largo o descascador.

— Sinto muito – digo.

— Sabe o que é pior? Preciso mesmo ir ao banheiro. Fiz xixi no mato algumas vezes, mas, se vou ficar aqui algum tempo…

Ah, meu Deus. Meus filhos e eu nos entreolhamos, nenhum deles igualando meu pânico. Leo precisa de um banheiro.

— Desculpe, não tinha pensado nisso – começo. Minha casa não tem banheiro no térreo. E ele não pode entrar no meu quarto para usar meu banheiro no meio da noite. – Bernadette, leve Leo lá pra cima e mostre o banheiro do corredor. E vocês podem usar o meu enquanto ele está aqui.

Procuro mentalmente toalhas melhores. Acho que me lembro de alguém que nos deu toalhas muito bonitas de presente de casamento, que na verdade eram boas demais para serem usadas. Vasculho o armário improvisado de roupa de cama e banho. Vasculho a lavanderia. Ben deve tê-las levado – as toalhas combinariam bem com seu Audi alugado, que também não combinava com nosso nível de renda.

Encontro duas toalhas levemente puídas que costumavam ser brancas e agora estão acinzentadas e as deixo no banheiro antes de ir para a cama. Eu me levanto à meia-noite e levo panos de limpeza e um pouco de limpa-vidros aos lugares óbvios, além de um sabonete novo. Por volta de uma da madrugada, troco meu tapete de banheiro com o dele, porque o meu é um pouco mais novo. Por que estou agindo como uma louca? *Porque*, digo a mim mesma, *Leo Vance vai ficar nu ali dentro.*

É sábado, e ele está acordado para ver o nascer do sol. Entrego-lhe uma xícara de café e tento me lembrar de Leo usando a palavra "obrigado". Nós observamos o espetáculo em silêncio, e depois que acaba, Leo boceja e diz que vai voltar para a cama. Deve ser bom.

Os sábados em casa parecem um enigma a ser solucionado. Preciso levar um lobo, um carneiro e uma galinha até o outro lado do rio, e todo mundo tem que sobreviver. Nossas variáveis são futebol, beisebol, balé e encontros com amiguinhos. Os participantes devem ser alimentados e hidratados, e inúmeras mudanças de roupa acontecem no carro.

Quando Ben estava por aqui, costumava reclamar dos sábados. Desconfio que seu mau humor tinha duas razões: o fato de que os sábados não eram sobre ele e o fato de que centenas de dólares que gastávamos por temporada nas atividades das crianças reduzia sua capacidade de comprar mais coisas para si mesmo.

– Eles não podem só brincar lá fora? – ele perguntava, aparentemente esquecendo-se de que tinha sido criado num fluxo constante de aulas de tênis e golfe em um clube privado. Esse era um assunto em que eu, na verdade, me mantinha firme. Toda a economia que fazia com frango na promoção e calhas com vazamento era para que meus filhos pudessem ter a chance de experimentar coisas de que podiam gostar. Isso deixava Ben louco.

Ele perguntava no café, diante das crianças, que esporte ele teria que fazer dessa vez. Aparecia nos eventos sem demonstrar o mínimo interesse, e ficava furioso com os juízes ou os pais da equipe adversária. Pelo visto, ele se importava um pouco.

Isso, é claro, se aplicava mais a Bernadette, que até tem chance de entrar para um time que não tenha a exigência legal de incluí-la. Arthur, por outro lado, tem duas características que atrapalham seu futuro esportivo: é extremamente descoordenado e não dá a mínima para os esportes. São fatos, não opiniões. Já vi Arthur parar de correr no meio de um jogo de basquete para dar corda no relógio. O desgosto no rosto de Ben toda vez que Arthur saía da quadra era impossível de ignorar.

Sábados sem Ben são duas vezes mais desafiadores e duas vezes melhores. Nós três fazemos os planos juntos durante o café da manhã – como vai funcionar o intercâmbio de comida, quando vai ser feita a troca de uniformes e chuteiras, quais jogos eu vou ver e quais eu vou ter de deixá-los e sair correndo. No fim de cada sábado, pegamos comida para viagem e nos parabenizamos pelo trabalho bem-feito.

Entramos na garagem em torno das seis horas. Os garotos guardam seu equipamento no quarto da bagunça, e eu subo com a pizza.

A casa está escura, e vejo as luzes acesas na casa de chá. Peço para Arthur ir até lá e perguntar a Leo se está com fome.

– Eu não vou lá fora – ele diz, pegando uma fatia da caixa.

– Eu vou. – Bernadette já está saindo pela porta do solário. Ela volta depois de um minuto, totalmente sem brilho. – Está uma bagunça lá e ele está dormindo.

Eu me pergunto se ele não está no meio de uma bebedeira. Talvez Leo só quisesse ficar aqui para não ser monitorado por ninguém. Talvez ele planeje passar uma semana bêbado chorando pela mãe. Mais uma vez, penso que é um luxo ser solteiro e capaz de desmoronar. Sem falar no luxo de comprar uma folga de uma semana.

À meia-noite, acordo com o som da descarga do banheiro do corredor. Escuto-o descer a escada e sair pela porta do solário. Não sei quando vou me acostumar a dormir com a porta dos fundos destrancada. Pelo menos sei que ele está vivo.

No domingo, Leo acorda outra vez para ver o nascer do sol. Por alguma razão, acordar cedo parece um comportamento errático para ele. Então eu lhe digo isso.

– Você acorda muito cedo pra um cara que bebe o dia inteiro.

– Eu não bebo o dia inteiro.

– Então o que você fica fazendo ali fora?

– Eu olho pro fogo. Leio. Observo a floresta nos fundos. Bebo um pouco.

– Bem, você é bem-vindo em casa, se ficar entediante.

– Estou bem – ele diz. – Pronto, é isso. Essa é a melhor parte.

Observamos o roxo se tornar rosa, o rosa se tornar laranja, e os pássaros serem iluminados por trás nas árvores.

Damos um leve suspiro quando o espetáculo termina.

– Quer ovos? – pergunto.

– Não – ele fala, e volta para a cama.

A tarde de domingo está bonita, e estamos com todas as janelas do solário abertas, fazendo de forma eficaz com que pareça que estamos ao ar livre. A porta da casa de chá está aberta, mas vejo apenas a mesa vazia, não o sofá-cama, onde presumo que Leo esteja olhando para o teto.

Tem um assado na panela elétrica, e estou me sentindo superprodutiva. Não só o jantar estava pronto antes da minha corrida das nove, mas a casa inteira cheira como se alguém tivesse preparado o jantar para mim. Não costumo usar a panela elétrica aos domingos, mas sei que hoje meu tempo não é meu. O primeiro ensaio de Arthur é na quarta-feira depois da escola, e hoje é o dia em que isso vai se tornar um problema meu. Hoje é o dia em que toda aquela baboseira de "Estou cuidando disso, estou bem" vai para o espaço. Ele não está cuidando de nada e não está bem.

Pela minha própria infância, sei que quando se tem 10 anos de idade, as apostas são altas. Você hesita entre a infância e a adolescência e qualquer ação pode levá-lo para sempre para o domínio do não descolado. As crianças à sua volta estão inconscientemente planejando largá-lo na escola, então, se não é uma criança alfa, precisa estar preparado com um grupo de amigos de reserva. O quinto ano parece exigir que se desarme uma bomba, e se você é Arthur, vai ter que fazer isso com uma venda nos olhos.

Arthur e eu estamos sentados no solário, repassando as falas mais uma vez com a cópia dele antes que eu peça que ele recite de memória. Ele está nervoso daquele jeito de quem antecipa o próprio fracasso, e está decidido que seu fracasso é minha culpa. Se não se sabe de quem é a culpa, é da sua mãe.

– Você é o pior Oliver, mãe. Tipo, como vou dizer minhas falas se você lê feito um robô?

Suspiro.

– Quer que Bernadette leia?

Por favor, Deus.

– Ela é pior que você. Continue. – Repassamos mais algumas páginas de sua primeira cena e tenho quase certeza de que ele está prestes a chorar.

– Que tal se tentarmos a música? – Sugiro. – Bernie, pegue a trilha sonora e vamos cantar juntos as canções de Fagin.

– Está bem – Arthur diz, embora claramente nada esteja bem.

– Ah, eu gosto dessa – digo. Eu me levanto e começo a cantar. – Você pode ir, mas volte logo. – Mexo os braços e faço uma dancinha de um lado para outro. Meus filhos estão rindo de mim, o que não é um problema porque, por enquanto, ninguém está chorando.

Quando a música termina, Arthur diz:

– Faz de novo!

Pela porta do solário, escuto:

– Pelo amor de Deus, por favor, não. – É Leo, que está entrando sem sapatos. – Você acabou... – Ele está sacudindo a cabeça para Arthur. – Amigão, você está ferrado.

– Nem me fala – Arthur diz. E ele e Bernadette caem na risada.

– Ei, não sou tão ruim assim – retruco.

– Nora, você é muito ruim. Acho que seu Fagin é mais deprimente que seu filme – Leo fala, e agora todos estão rindo.

Nós seguimos Leo até a cozinha, onde ele está se servindo de mais uma cerveja de Mickey.

– Que cheiro bom.

– É um assado de panela – Bernadette explica. – É melhor do que a dança dela. – Mais risos.

Estou bem confortável em ser o alvo das piadas da noite. Essas risadas removeram toda a tensão do ambiente. E se eu só servisse o jantar ao som de pessoas rindo? E se Arthur ficar tão relaxado que seu cérebro realmente permita que algumas daquelas falas penetrem nele? Ser o alvo da noite vai super valer a pena.

Nos sentamos para comer o assado de panela, as cenouras, o arroz e a salada. Abro uma garrafa de *Chardonnay*, que sei que terei que dividir. Arthur pergunta a Leo:

— Então, você conhece Fagin? Da peça?

— Conheço — ele diz. — E sei que ele não é o que quer que você estivesse tentando interpretar. — Ele aponta para mim com o garfo, e todos caem na risada outra vez.

— É, eu tinha essa sensação — Arthur diz. — Você acha que ele é um vilão? É meio confuso, porque ele é bem legal com os garotos.

— Acho que ele é o melhor tipo de vilão — Leo responde. — Ele é o tipo de vilão que faz algo horrível, mas que todos amamos mesmo assim. Dá pra ver sua humanidade, embora esteja tirando proveito daquelas crianças. Personagens como Fagin chegam ao âmago do que significa ser humano; nós somos ao mesmo tempo luz e sombra. — Eu e as crianças ficamos atônitos. — O que foi? — ele pergunta. E todos começamos a rir.

— De onde veio isso? — pergunto.

— Foram muitas palavras — Bernadette diz.

— Bom, essa é a minha praia. Por acaso, *Oliver Twist* é minha peça favorita. E eu interpretei Fagin.

— Ah, pare com isso — todos dizendo juntos. Bernadette joga o guardanapo na mesa, contrariada.

— Eu não vou ajudar você. Não vou lhe ajudar a ser um ator — ele fala para Arthur. — É tudo vazio.

Arthur sorri.

– Acha mesmo que eu poderia me tornar um ator com essa mãe? Eu sou metade ela!

Todos rimos, e o tempo congela por um instante. Sinto o calor das risadas e vejo a luz fraca deixar aqueles três rostos na sombra: meus filhos e o ator mais famoso dos Estados Unidos.

Leo se serve mais uma taça de vinho, e eu encho a minha de forma protetora. Estou aprendendo. Ele toma um gole e se encosta na cadeira daquela maneira irritante dos adolescentes.

– Se eu concordar em ler as falas com você só esta noite, promete que não vai se tornar um ator profissional?

Gosto de probabilidades, e estou pensando que essa é uma promessa segura. Há um por cento de chance de Arthur querer ser um ator profissional, e menos chance ainda de que Leo sequer se lembre de quem ele é.

Arthur pensa.

– Não vou prometer isso. Mas preciso de ajuda. – Bernadette e eu sorrimos diante da sua determinação.

– Parece que você conseguiu todo um conjunto de covinhas com essa – diz Leo. – Quanto tempo temos?

Arthur está prestes a abraçá-lo, mas muda de ideia.

– Os ensaios começam na quarta-feira.

– Vamos ensaiar aqui na sala. Precisamos de espaço para nos movimentarmos.

E com isso, todos ficam sérios. Vou para a cozinha lavar os pratos. Estou tentando me lembrar da última vez que um adulto assumiu minhas responsabilidades. Ben às vezes saía para comprar papel higiênico ou pegar as crianças na escola. Percebo há quanto tempo estou fazendo tudo sozinha.

CAPÍTULO 5

É SEGUNDA-FEIRA, E LEO ESTÁ SEGURANDO A CÓPIA DA PEÇA enquanto assiste ao nascer do sol.

– Oi – ele diz sem virar a cabeça.

Eu me sento ao seu lado no balanço da varanda, notando que ele parece ter aprendido como se faz café na minha casa.

– Você foi muito legal com Arthur ontem à noite.

– Não conte pra ele, mas seu filho tem um talento natural.

– Eu não ousaria fazer isso.

Ficamos em silêncio enquanto o sol se move, nos oferecendo um encerramento laranja-escuro.

– Vai escrever hoje? – Leo pergunta.

– Vou tentar. O que você vai fazer?

– Estava pensando em ir até a cidade.

É assim que acabo não escrevendo nada e levando Leo Vance para uma visita guiada em Laurel Ridge propriamente dita. A cidade é basicamente composta de uma rua com lojas, contando com um mercadinho em uma extremidade e uma livraria na outra. Leo compra queijo e uma baguette. E um pote de geleia de um sabor que nunca viu antes. Ele pergunta se pode provar o salame e compra meio quilo. Compra frutinhas e kiwis feito uma criança pegando doces do mostruário.

– Está planejando fazer um piquenique? – pergunto quando saímos carregados de sacolas.

– Não. Só gostei da aparência dessas coisas. Vamos entrar ali. – Ele aponta para uma loja de artigos para o lar bastante cara, que não tem chance de sobreviver um ano nesta cidade. Na verdade, nunca entrei ali, por princípio.

Duas vendedoras estão conversando atrás do balcão e ficam em silêncio quando veem Leo. Ficam tão em silêncio, na verdade, que é até estranho.

– Olá? – ele diz.

A mais velha sai de trás do balcão.

– Olá. Desculpe-me. Fiquei surpresa de vê-lo aí parado. Aqui na minha loja.

Admiro sua honestidade.

Leo estende a mão e diz de maneira absolutamente desnecessária:

– Sou o Leo, e ela é a Nora. Estou passando um tempo com ela.

As duas mulheres me olham de cima a baixo, provavelmente tentando adivinhar que feitiçaria usei para me colocar nessa situação. *Ele fica nu no banheiro do outro lado do corredor de onde eu durmo*, quero lhes dizer. Alguém precisa saber.

Leo dá uma olhada na loja, mexendo em cada caneca de café, cada almofadinha decorada e cada conjunto de pegadores de salada.

– Vou levar isso – ele anuncia, segurando um conjunto de lençóis marfim e provocando uma expressão de espanto na dona da loja. Então ele me pergunta: – Qual o tamanho da sua cama? *King*?

– *Queen* – respondo em vos baixa porque (1) isso parece uma pergunta pessoal, e (2) é possível que eu estivesse acalentando a fantasia de aquelas mulheres acharem que ele viu minha cama.

Ele pega um conjunto de lençóis tamanho *queen* e o entrega para a senhora.

— Aposto que seus lençóis estão um lixo — ele fala para mim. Quando vou me opor, ele ergue a mão para me silenciar. — Deixe-me fazer isso. — Ele me olha fixamente, até que assinto, concordando. — O que mais? Você gosta das suas canecas é?

— Gosto.

— Eu também gosto. — Ele circula por ali colecionando itens até encontrar as toalhas. — Precisamos de toalhas novas. Nem tente discutir. — Certo.

Ele escolhe quatro conjuntos das toalhas mais luxuosas que já vi. São de um verde-água claro, uma combinação perfeita para os ladrilhos desbotados do banheiro das crianças. Ele as entrega para a senhora, que está arquejando um pouco.

Quando Leo me convenceu de que meu abridor de vinho é "um lixo", ele já tinha pegado mais coisas do que podíamos carregar. As mulheres concordaram alegremente em entregar tudo em casa.

— Bem, minha casa parece ter tido seu momento *Uma linda mulher* — digo enquanto nos dirigimos à livraria.

— Não faço compras. Weezie contratou uma mulher pra escolher minhas roupas. Outra pessoa escolheu tudo em meu apartamento. A mesma coisa com as outras casas.

— Que estranho.

— É. Tipo, é bom escolher a cor de uma toalha, decidir que as bananas estão boas.

— É isso que está no centro dessa sua crise suburbana? Você quer fazer escolhas?

Leo não responde, e temo ter me intrometido. Também não disse "obrigada", e agora parece tarde demais. Entramos na livraria e apresento Leo para Stewart, o dono. Ele pergunta se pode tirar uma foto para publicar em sua conta do Instagram. Leo concorda.

Ele toca a lombada de todos os livros e concorda em fazer *selfies* com três clientes. Escolhe um livro sobre cozinha francesa provinciana (ele não cozinha) e um romance de Stephen King recém-lançado.

Tenho que admitir que gosto de andar pela cidade com Leo. Pessoas que conheço nos cumprimentam com surpresa e curiosidade. O que é melhor que pena. Todo mundo sabe que Ben me deixou. E todo mundo sabe que ele meio que me usou e me descartou. "Ela fez tudo por aquele homem", dizem, sacudindo a cabeça. Além da sra. Sanducci, que enviuvou recentemente aos 86, acho que sou a única mulher solteira na cidade. *Olhem para mim me divertindo*, tenho vontade de gritar. *Olhem para mim ao lado de uma pessoa glamourosa.*

Paramos na loja de ferragens para falar com o sr. Mapleton, e Leo compra um bico borrifador para a minha mangueira só porque acha divertido. Falo que com meu polegar consigo o mesmo efeito, e agora Leo e o sr. Mapleton se uniram contra mim.

— Essa mulher vive como o Unabomber — Leo diz. — Você foi à casa dela?

— Ela é assim, só curte o básico. E usa e reusa uma coisa até que se desfaça em suas mãos – o sr. Mapleton conta a Leo.

— Você devia ver as toalhas de banho — Leo comenta, rindo.

— Posso imaginar — o sr. Mapleton fala. — Mas o marido não era assim. Aquele cara estava sempre aqui, comprando uma versão nova de algo que já tinha. Eu costumava falar pra minha mulher: "Aquele Ben tem tudo, menos um emprego".

Já ouvi isso milhares de vezes, mas dou risada, porque é verdade e também porque gosto do fato de que o sr. Mapleton sempre esteve do meu lado.

— E ele levou tudo com ele – digo. — Gosto de pensar em Ben circulando pelo globo com seus conjuntos de chaves de torque.

Leo coloca o bico da mangueira na mesma sacola do seu queijo, e nos despedimos.

– Aproveite sua estadia – o sr. Templeton diz. – Vou ficar de olho em você.

– O que vai acontecer agora?

Nem sei quantas vezes ele me perguntou isso hoje. Na última vez, a resposta foi: vou botar as crianças para dormir. Antes disso, foi: vamos assistir à *Roda da fortuna*. Precedido por: vamos jantar. Entre a escola e o jantar, foram duas horas de treinamento de Fagin. Não tenho muita certeza se Arthur fez o dever de casa.

Pego uma taça de vinho e vou para o solário.

– Posso ir?

Também não sei quantas vezes ele me perguntou isso hoje.

Pego uma segunda taça.

Meu solário tem espaço apenas para um sofá pequeno, uma poltrona e uma mesa de centro. Sempre há duas samambaias, uma morrendo e outra crescendo, em uma rotação regular de luto e substituição. Olho além do gramado para a casa de chá, onde vejo que Leo deixou a porta aberta para lhe dar as boas-vindas quando ele voltasse.

Leo se senta no sofá, então fico com a poltrona. Ele está com uma camisa de botão e um short. Ele devia estar nos Hamptons ou em Malibu, ou em qualquer outro lugar, menos ali no meu velho sofá bege.

– Você vai escrever amanhã? – ele pergunta.

– Acho que vou. Preciso começar alguma coisa nova.

Tomo um gole de vinho.

– Espero que não seja um musical.

Ele dá um sorriso irônico. Já vi esse sorriso antes.

– *Rosa da África* – digo.

– Pare com isso. E qual é a inspiração pro próximo roteiro?

– Não é inspiração, parece mais matemática.

Ele toma um gole de vinho e se recosta nas almofadas.

– Explique.

– Escrevo filmes pro Canal do Romance.

– Não.

– É verdade.

– Aqueles filmes de duas horas em que a maior parte do tempo são comerciais?

– Bom, já escrevi muitos desses. É isso o que eu faço.

– Hilário. – Ele serve mais vinho para nós dois, acabando com a garrafa. – Então por que é matemática?

– Talvez não matemática. Quando você era criança, brincava daquele jogo em que precisava preencher os substantivos, adjetivos e verbos, para então formar uma história?

– Já.

– É isso o que eu faço.

– Não entendo.

– Me dê um gênero, um lugar e uma carreira.

– Está bem... mulher, Chicago, incorporadora imobiliária.

– Certo, molezinha. Stephanie, uma jovem incorporadora imobiliária, faz uma viagem para a Illinois rural interessada na compra de uma fazenda de laticínios pra transformá-la em um centro de retiro corporativo. O jovem e bonito proprietário da fazenda não quer vender, e eles se desentendem. Mas, à medida que ela vai passando seu tempo na fazenda, passa a enxergar a importância do lugar para a comunidade, e eles se apaixonam. Ela até o ajuda a organizar o festival anual do Dia dos Fundadores na semana seguinte. Eles se beijam. Na véspera do evento, ela recebe um telefonema dizendo que precisa fechar a fazenda imediatamente ou vai perder o emprego. Ela parte para Chicago. Ele fica arrasado.

– Ah, não.

— Ah, sim. Mas espere, corta para o Dia dos Fundadores, e você pode escolher qualquer evento comunitário aqui (montagem de uma árvore de Natal, inauguração de um refeitório para os necessitados, um recital infantil), e ele está seguindo adiante, e quem volta? Stephanie!

— Isso!

— Ela voltou pra Chicago e percebeu que a vida na cidade grande não era pra ela. Então decide ficar no campo e, ah, P.S.: Stephanie tem uma ideia brilhante pra salvar a fazenda. Fim.

— Que bobo. É sempre a mesma coisa?

Bebo o resto do meu vinho.

— Basicamente. Eu, na verdade, mudo os nomes e também o tipo de fazenda. E troco os gêneros. Metade das vezes é o homem que vai embora.

— Mas ele sempre volta?

— Sempre.

Um momento se passa entre nós, e tenho quase certeza de que ambos estamos pensando em Ben. Por algum motivo, eu preciso que Leo saiba que não quero meu ex-marido de volta, que estou feliz e inteira sem ele.

Leo se adianta e diz:

— Mas Trevor foi embora, fim da história.

— É — digo. Leo está me olhando como se talvez eu fosse um quebra-cabeça que ele está prestes a resolver. — Bom, agora você sabe todos os meus segredos. Vou pra cama.

CAPÍTULO 6

LEO NÃO ACORDOU PARA O ALVORECER. E EU DEVIA ESTAR satisfeita por ter o balanço só para mim, mas não estou. Isso me assusta profundamente. Estou me acostumando com ele e com o modo como me segue. Gosto de como ele me escuta quando eu falo. Gosto de como Leo olha para mim.

Ben costumava se sentar à bancada central da cozinha e falar sobre o mercado imobiliário e sobre o que há de errado com as pessoas enquanto eu preparava o jantar. "Sabe o que há de errado com o Mickey?", ou "Sabe o que há de errado com aquele cara do banco?". Eram perguntas retóricas, é claro, e a única variante era a pessoa que o havia aborrecido aquele dia. Ele gostava de manter a TV ligada o tempo inteiro, produzindo um ruído de fundo para arrumar os papéis do seu mais novo esquema na mesa da cozinha. Ben ocupava muito espaço.

Na noite em que me disse que estava me deixando, ele dormiu no sofá com a TV berrando. Fiquei deitada na cama tentando processar o que estava acontecendo. A coisa toda era muito confusa. Eu me lembrei do rosto de Penny quando lhe contei que estava namorando sério com Ben. "Ah. Meu. Deus", ela disse. "Não estrague as coisas."

Ben era um bom partido. Ele tinha estudado em escola particular e se movia pela vida com muita desenvoltura. Ben era o tipo de cara que minha irmã conhecia.

Penny e eu crescemos em Chesterville, Connecticut, uma cidade mediana que anteriormente tinha sido duas cidades pequenas – sendo uma de ricos, outra de trabalhadores. Quando o zoneamento dos anos 1950 criou uma única cidade com uma única escola pública de ensino médio, o resultado foi uma cidade dividida, como se vê nos filmes de John Hughes. Se você morava no alto da colina, seus pais provavelmente eram profissionais liberais. Se vivesse abaixo da colina, seus pais tinham um ofício. Se você fosse eu, o negócio do seu pai seria limpar todas as piscinas dos profissionais liberais.

A divisão de nossa cidade era algo em que eu quase nunca pensava. Eu pegava o ônibus para a escola com as crianças do meu bairro, e brincávamos nos jardins umas das outras depois das aulas. Passávamos nossas férias na piscina pública, que meu pai também limpava. No ensino médio, meus amigos e eu zombávamos das roupas pretensiosas de quem morava no alto da colina e de seus conversíveis esportivos, que invariavelmente batiam e substituíam em um mês. Eu me sentia confortável na minha casinha, no meu jeans desbotado, e sabia exatamente o que esperar.

Mas Penny não. Ela queria estar no alto daquela colina. Já no ensino fundamental, ela imitava as garotas de lá e o jeito como andavam juntas. Quando elas começaram a usar jeans *skinny*, Penny passou o fim de semana na máquina de costura da minha mãe apertando as pernas da sua Levi's. Quando cortaram franjas, Penny fez o mesmo. Isso nunca a teria levado a lugar algum, mas, no primeiro ano do ensino médio, minha irmã fez um teste para o musical de primavera e conseguiu um papel importante com um punhado de garotas do alto da colina. Depois de uma exposição prolongada ao seu coração gigante e à sua paixão pela diversão, elas realmente se tornaram suas amigas A transição foi suave, fazendo com que eu pensasse que Penny sempre tinha sido de lá, e só curtia passar seu tempo no nosso rancho de 110 metros quadrados.

Durante a faculdade e depois que se mudou para Manhattan, era nesses círculos que ela andava. Fiquei surpresa de saber que, na verdade, esses círculos estão por toda parte e se sobrepõem dos jeitos mais estranhos. Todas as pessoas ricas, aparentemente, conhecem umas às outras tangencialmente. Então acho que não fiquei surpresa quando liguei para ela de Amherst para lhe contar sobre Ben, e minha irmã sabia exatamente quem ele era.

Embora eu nunca tivesse comprado o *glamour* dos que moravam no alto da colina, quando conheci o Ben, meio que fui levada pela facilidade daquilo tudo. Pela expectativa silenciosa de que todo o mundo se acomodasse em torno dos seus caprichos. Pela confiança de que nunca seria repreendido ou punido por nenhuma má ação. Ele era aquele tipo de cara levemente mau que fazia com que se sentisse superior, se gostasse de você. Desde o dia que me escolheu, fiz de tudo para não estragar as coisas. Ainda assim, aqui estamos nós.

Quando nós nos formamos, eu trabalhava em uma editora em Manhattan, e Ben teve sua primeira grande ideia e ganhou um cheque de dez mil dólares de sua avó. Demoraria seis meses até que percebesse que aquele era o último cheque que receberia dela. Encontramos um apartamento sem elevador no East Village que quase podíamos pagar, e acho que éramos felizes. Eu chegava em casa do trabalho e o encontrava à mesa da cozinha todo empolgado com um novo investidor em potencial. Eu cozinhava enquanto Ben compartilhava os detalhes de sua conversa. Pensava que ele estava empolgado demais com seu dia para perguntar sobre o meu.

Nos casamos aos 26 anos, mas o brilho já tinha esmaecido. Ben ainda reclamava da injustiça de não ter renda, uma injustiça que fomentava sua fúria contra a mente simples dos investidores que não estavam interessados em seus esquemas. A parte de mim que sabe quem sou e sabia que não devia me casar com Ben foi ficando difícil de ouvir diante do ruído dos planos de casamento. Newton devia estar pensando em pessoas de 20 e poucos anos em relacionamentos de longo prazo tentando reservar locais disputados para se casar quando concluiu que objetos em movimento tendem a permanecer em movimento.

Já casados, com dois filhos e uma casa velha, tive que encarar o fato de que Ben na verdade não gostava de muita coisa em mim. Ele não gostava da minha visão de mundo, do meu cabelo e da minha casa. Estava cego para as minhas melhores qualidades e, com o tempo, eu também fiquei. Acho que nosso casamento se resumiu a eu tentar deixá-lo feliz por ter me escolhido. Eu elogiava seus projetos mal pensados. Ganhava o dinheiro, mas fazia isso em silêncio para que ele sentisse que era o trabalho dele que importava, como se eu estivesse servindo mesas enquanto ele terminava a faculdade de Medicina. Até comecei a usar suas palavras para descrever o meu trabalho: "mais um romance idiota". Preparava a comida e tentava parecer animada para as crianças. Eu me lembrava do aniversário da sua mãe e lhe mandava presentes. Não era suficiente.

Na minha cabeça, eu estava mantendo Ben em pé; na dele, eu o estava prendendo. Toda vez que um de seus projetos desmoronava, ele tinha um jeito de fazer com que eu sentisse que era minha culpa. E não havia nenhuma razão para isso, nenhuma conexão lógica, mas a implicação nada discreta era que eu o colocava para baixo. Uma noite, quando descobri que tínhamos 37 dólares em nosso nome, sugeri comermos em casa em vez de sairmos para encontrar nossos amigos. "Você tem a escassez no coração, Nora. Você sempre vai estar sem dinheiro", ele disse, enojado. *Tenho um marido que não trabalha e gasta meu dinheiro como se nascesse em árvore*, eu pensava. *Sim, eu sempre vou estar sem dinheiro.*

Naquela noite, sozinha na cama com Ben no sofá, peguei no sono agarrada aos pensamentos mais estranhos. Entre eles, me veio que a partir do dia seguinte eu teria todo o controle sobre a TV. Começando naquela noite, eu iria para a cama sem Ben ao meu lado me atormentando e querendo sexo ruim. Imaginei o nascer do sol e pensei que seria o último que eu veria com ele na casa. As alvoradas restantes seriam todas minhas. Senti um alívio profundo pela luta encerrada, como se tivesse parado de tentar nadar e me visse flutuando sem esforço até a superfície. *Vá, Ben. Vá encontrar sua grande vida.*

Claro, não era apenas eu a abandonada. Ben também estava deixando os filhos. E isso os deixaria magoados por muito tempo. Mas, em minha nova flutuação, não conseguia evitar pensar que nunca mais veria a dúvida em seus rostos quando o pai lhes prometia algo que não tínhamos como pagar. Eu nunca mais teria que explicar "o que o papai realmente quis dizer quando disse aquela coisa ruim". Ia custar a eles algum tempo para se ajustarem, mas, em meu coração, sabia que ficaríamos melhores sem ele.

Na manhã seguinte, acordei pensando na prova de vocabulário do Arthur. Ele tinha ido mal na última e estava nervoso. Eu o imaginei encarando todas aquelas palavras difíceis logo depois do seu pai lhe contar que estava indo embora. Desci correndo e acordei Ben.

– Podemos esperar até depois da escola pra contar às crianças?

– Estou indo embora, Nora. Você vai ter que aceitar isso. Eu sinto muito.

Ele esfregou os olhos e se virou no sofá, e eu pensei: *Nossa, a falta de conexão é real.*

– Eu sei, e vou aceitar. – Eu fui na onda. – Mas vamos deixar as crianças irem pra aula, e podemos contar a elas à tarde.

– Parece bom – ele disse, se sentando e me olhando nos olhos. – Vou tomar banho.

Durante o café, Ben agiu como se tudo estivesse normal. Levei as crianças para a escola e fui para a casa de chá enquanto ele empacotava suas coisas. Estava ansiosa com os detalhes do que estava por vir, mas também um pouco nervosa com a ideia de ele vir me dizer que tinha mudado de ideia. Eu me peguei sorrindo pelas janelas da casa de chá, me perguntando se talvez o futuro não tinha, na verdade, se aberto. Nunca teria coragem de largar a corda nesse cabo de guerra, mas Ben fez isso por mim.

Quando as crianças chegaram, nos sentamos com elas e Ben lhes contou que ficaria fora por um tempo. Arthur começou a chorar imediatamente, sacando depressa aonde aquilo ia nos levar.

– Pra onde você vai? – ele perguntou.

– Pra Ásia – Ben respondeu. Como se isso explicasse tudo.

– Eu vou com você – disse Arthur. – Posso ajudar você lá, e podemos aprender chinês – ele falou em meio às lágrimas, e nesse momento meu coração se partiu um pouco. Eu ficaria melhor sem Ben, e meus filhos também, mas ver o desespero nos olhos de Arthur me matou.

– Desculpe, parceiro, mas eu volto.

– Quando? – Bernadette perguntou.

– Logo. – Ele deu um abraço em cada um. – Sejam bonzinhos com a sua mãe, está bem?

Eles não responderam, apenas o olharam com o que suponho ter sido descrença. Ben pegou as chaves, o celular, aquele seu colete acolchoado idiota e foi embora. Nós três ficamos na sala o resto do dia, sem querer nos perder de vista. Por semanas, tentei fazer com que meus filhos falassem. Bernadette parecia mais irritada que ferida, como se qualquer coisa que seu pai tivesse que fazer lá longe provavelmente fosse bobagem. Tomei o cuidado de não concordar. Arthur estava triste e fazia muitas perguntas para as quais eu não tinha resposta. *Ele sente a nossa falta? Ele pergunta como a gente está?* Conversamos sobre isso todo dia por algum tempo até termos meio que exaurido nossas explicações. Nenhum de nós achava que ele ia voltar.

A casa ficou maior sem suas coisas e sua raiva. Eu retirei móveis e valorizei os espaços abertos. Era como se a casa pudesse finalmente respirar. Comecei a correr antes de escrever e juro que minha escrita ficou melhor. Esperava que meus filhos pudessem sentir como eu estava mais forte sem Ben me puxando para baixo. Sem Ben, eu tinha energia para ser mãe e pai, provedora e companheira de brincadeiras. As pessoas costumam falar sobre um novo normal como se fosse um ajuste difícil, mas o meu me deixou mais leve. Eu me liberei de ficar pensando no que Ben ia gastar meu dinheiro. Não tinha mais que rebater suas críticas a mim ou às crianças. Estava livre.

Mas ter Leo em casa é divertido. Gosto do espaço que ele ocupa. É leve e excitante, e eu estou fantasiando que essa é minha nova realidade. Tenho um companheiro de brincadeiras bonito que escuta quando eu falo. Que faz perguntas porque quer ouvir mais. Não consigo me livrar da sensação de que Leo gosta de conversar comigo. Tipo, gosta da verdadeira eu. Ele não está nisso por uma refeição grátis nem nada que eu possa fazer para melhorar sua situação. Leo Vance está muito bem sem mim, ainda assim me segue com uma atenção enlevada.

Leo vai embora em dois dias, e preciso botar a cabeça no lugar. É terça-feira. Bernadette tem balé depois da escola. Eu tenho que tirar o lixo que vai para a reciclagem. Amanhã é o primeiro dia de ensaios, e estou encarregada de manter as crianças em silêncio enquanto esperam sua vez. Também descobri que estou encarregada de toda a peça, por isso é melhor formar comitês de trabalho. Figurinos? Cenários? Alimentação?

– Droga, quase perdi. – Leo sai pela porta com um cobertor nos braços. O astro se senta ao meu lado e nos cobre. O sol está parcialmente alto, e ele não perdeu a melhor parte. Essa é a parte que o rosa começa a subir pelas árvores.

– Quer que eu pegue um café pra você? – pergunto, porque nunca fiz isso sem café.

– Não. Fique até terminar.

Então eu fico ali sentada com ele, observando o espetáculo em silêncio até o céu estar claro.

– Em que estava pensando? – ele pergunta. – Você estava com o rosto todo enrugado quando eu cheguei.

– Em nada. – Falar sobre Ben vai fazer eu me sentir uma perdedora, por isso fico em silêncio. Leo vira a cabeça para mim e me olha como se não estivesse acreditando. Continuo: – Em como é bom Ben ter ido embora.

– Onde ele está agora?

– Quem sabe? Ele falou que ia pra Ásia.

– Então você não tem notícias dele? Ele não vê os filhos?

– Não. Bom, Ben liga de vez em quando e faz planos, mas ele nunca aparece.

– Nossa. E de onde vêm os cheques?

Eu rio, uma risada verdadeira e de corpo inteiro que termina comigo tossindo um pouco do meu café. Leo oferece o cobertor para limpar minha boca. Uso minha manga.

– Desculpe – respondo, me recompondo. – Foi uma pergunta válida. Essa parte não estava no roteiro. Ele não me manda cheques. Nosso acordo foi: eu fico com a casa, com a hipoteca, com a dívida do cartão de crédito e com o prazer de sustentar a mim e aos meus filhos. E ele vai embora. Não discuti porque não queria ter que vender a casa. E, na verdade, eu podia acabar pagando pensão pra ele pelo resto da vida. Aí provavelmente eu teria que matá-lo. Então foi o melhor acordo possível.

— Estou começando a ver por que Ruth ficou tão confusa quando Trevor foi embora. Então, assim como no filme, ele é, tipo, bom demais pra trabalhar?

— Hamiltons não trabalham pra outras pessoas. É o lance deles. Na verdade, seu bisavô trabalhou duro e fez uma fortuna com gado. Ben cresceu com essa riqueza, mas não internalizou a parte do "trabalho duro". Era como se tivesse perdido a parte em que seu bisavô lidou com bosta de vaca por anos antes de ficar rico. Então ele só enrola. E tenta coisas que não funcionam, e diz que é porque os outros é que são incompetentes.

Eu o olho nos olhos para lhe mostrar que estou bem com isso. Não com o fato de ele não ter feito esforço nenhum para ver ou contatar os filhos ao longo de quase um ano, pois essa parte vive em meu peito na forma de uma fúria que pode ser facilmente disparada. Mas com o fato de que Ben é quem é e não é mais problema meu. E tudo bem.

Leo estuda as árvores e então torna a olhar para mim.

— O que aconteceu com aquela camisola transparente?

— Aprendi minha lição – digo, dando-lhe uma cutucada fraternal.

CAPÍTULO 7

LEO VAI ATÉ A CIDADE PARA COMPRAR OUTRA BAGUETE NO mercado, então é minha chance de ter a casa de chá só para mim. Tudo está basicamente como eu deixei, com a exceção dos lençóis muito melhores. Sua mala está aberta no pé do sofá-cama, e resisto à vontade de examinar seu conteúdo. A cama está desarrumada, e imagino o contorno dele dormindo ali. Ele estaria de lado, com a linha de suas costas nuas imitando a curva da cabeceira. *Ah, meu Deus, Nora, pare com isso.*

Escrevo das dez às duas, e Leo me deixa sozinha a maior parte do tempo. Escuto um carro chegando e presumo que é seu almoço, vindo de algum restaurante cinco estrelas da cidade. Por volta da uma hora, ele bate na porta aberta.

— Posso entrar pra tirar um cochilo?

— Claro. Nada de conversa.

Eu o escuto se enfiar embaixo das cobertas e encontrar uma posição confortável. Paro de digitar porque posso senti-lo me observando.

— O que foi?

— Qual o gênero, a cidade e a profissão dessa vez?

Sorrio para o meu notebook.

— Estou basicamente trabalhando com o que você me deu. Um incorporador imobiliário em Minneapolis vai comprar uma fazenda de abóboras em dificuldades.

— Fazenda de abóboras? Isso existe?

— Ah, você vai ter que voltar aqui em outubro.

— Está bem — ele assente, e começo a digitar outra vez.

Como Leo está no meu lugar do cochilo, volto para casa por volta das duas. Há uma caixa de vinho francês na bancada e uma caixa de *cupcakes* da Cupcake Castle do SoHo. Sinto um calafrio só de imaginar como meus filhos vão ficar animados.

Quando chego da escola com as crianças, Leo está acordado e desembalando a caixa de vinho.

— Não podemos continuar bebendo aquele *Chardonnay* horrível. Soube que isso harmoniza perfeitamente com... O que comemos às terças-feiras?

— Tacos — dizem juntos meus filhos.

— Ah, claro.

Ele serviu os *cupcakes* em um prato que eu não sabia que tinha e fica observando-os desaparecer com satisfação.

Tenho consciência de que aquela cena animada é uma fantasia, mas me permito saboreá-la. Crianças sorrindo e a promessa de vinho bom com um homem terrivelmente atraente. A quinta-feira vai ser brutal.

— Está bem, então Bernadette tem balé às quatro e meia. Arthur, se você quiser, podemos repassar algumas falas enquanto nós esperamos.

— Proibido — Leo diz. — Você não vai chegar nem perto dessa peça.

— Dãrd — Arthur fala. — Vou ficar aqui e trabalhar com Leo.

– Então ele se toca e se volta para Leo: – Quero dizer, se você não estiver ocupado.

– Amigão, se tem uma coisa que eu não estou é ocupado. Não tem nem wi-fi lá atrás.

Ele se inclina e bagunça o cabelo de Arthur. O sol do fim da tarde brilha através das janelas dos fundos enquanto o tempo faz uma pausa em seus sorrisos, e eu preciso mesmo dar o fora daqui.

Bernadette entra correndo no estúdio de dança, e eu me sento no banco do lado de fora torcendo para ter um segundo para organizar os pensamentos. Estou horrorizada com a forma como eu me deito na cama à noite esperando o som de seus passos subindo a escada até o banheiro. Sinto vergonha de como me fico empolgada no segundo em que acordo, como passei a lavar o cabelo todo dia. Minha autorrecriminação é interrompida por Sandra Wells e Kiki Lee, que conduzem as filhas para dentro e ocupam o resto do banco.

– Oi, Nora. Como estão as coisas? – Sandra começa.

– Ah, vamos direto ao ponto – Kiki diz. – Conte tudo.

– Ele só está passando uns dias lá em casa. Acho que o Leo pensa que a nossa vida simples é uma espécie de cura pra sua vida empolgante.

– Ele é tão bonito quanto nas telas pessoalmente? – Kiki pergunta. – Tipo, ele lhe olha daquele jeito quando você está passando manteiga na torrada?

– Com aquele olhar sensual? Não. – Dou risada. – Isso é só pra câmera. Ele olha pra mim como se eu fosse uma mãe do subúrbio que talvez precise de uma reforma na casa – vou dizendo, sabendo que não é verdade.

Na maior parte do tempo, ele olha para mim com uma curiosidade divertida. Ele me observa quando acha que estou envolvida com alguma coisa. Na verdade, faz quase uma semana que não me envolvo com nada.

Bernadette e eu entramos em casa ao som dos dois cantando "You've Got to Pick a Pocket or Two", de pé e em lados opostos do sofá. Leo grita:

– Bravo!

E Arthur faz uma reverência.

– Mãe! Eu fiz a cena toda. Sem o texto! – Arthur corre para me abraçar. Sorrio para Leo por cima dele.

– Que incrível, você está totalmente pronto.

Leo desce do sofá todo sério.

– Agora o truque é parar de ensaiar. Você aprendeu, agora precisa descansar. Esta noite, você faz qualquer coisa, come sua comida de terça, faz o dever de casa. – Seus olhos se arregalam quando ele estende a mão para pegar uma garrafa de vinho. – Já sei. Esta noite, vamos assistir a um dos filmes felizes da sua mãe.

Arthur revira os olhos.

– Eles são muito idiotas.

– Eu adoro – Bernadette diz.

Fico grata com sua solidariedade.

– Eles são bem idiotas, mas eu também adoro – digo. – Vamos assistir a *Reencontro de namorados*.

– Deixe-me adivinhar. Uma executiva poderosa volta à sua cidade natal e reencontra o namorado de escola.

– Ela é uma confeiteira profissional. Mas sim. – Todos damos risada, e Leo me oferece uma taça do vinho mais delicioso que já bebi.

Leo acorda para o nascer do sol antes de mim e está me esperando com uma caneca de café.

– Oi – ele diz.

– Obrigada. – Me sento ao seu lado e pego a caneca. – Então, esse é seu último alvorecer em Laurel Ridge.

– Não. Hoje é o dia seis, o que inclui a noite seis, que inclui o nascer do sol de amanhã. Que horas é o *checkout*?

– Somos muito tranquilos com isso por aqui.

Ele olha para mim com algo que se assemelha a gratidão, e eu me pergunto se esse tempo lhe fez algum bem.

– Está feliz por ter ficado? Quero dizer, está se sentindo melhor?

– Me sinto muito bem. Estava pensando no quanto sinto falta de ser parte de uma família. Quando era pequeno, nós éramos essa unidade, e havia muita troca. Eu e meu irmão, Luke, tínhamos que dividir comida, espaço e atenção. Agora eu mal o vejo, e minha vida gira em torno de mim. É exaustivo.

– Deve ser bom – digo em voz alta por engano.

Ele me cutuca.

– Sei que pareço um idiota, mas olhe pra sua vida. Você vive pros seus filhos, e eles vivem pra você. Tem algo quase sagrado no que vocês têm. Na minha vida, vivo pra minha carreira, e todas as pessoas à minha volta são pagas pra viver pra minha carreira. Juro que no último feriado de Ação de Graças olhei para a mesa e percebi que todo mundo ali estava na minha folha de pagamentos.

– Ah, o que é isso? Você deve ter tido algum tipo de relacionamento normal. Com uma mulher que gostava de você e ria das suas piadas ruins.

– Claro, milhares. Mas o problema é que todas gostavam de mim antes de me conhecerem, tipo, elas se apaixonaram por algo que viram na revista *People*. Quando minha mãe morreu, pensei: acabei de perder a única mulher no mundo que me conhecia. Claro, eu também não me dou ao trabalho de conhecê-las.

– Eu conheci Ben tão nova que nunca cheguei a ter esse tipo de relacionamento rápido e sem significado. Embora pense que tive um relacionamento longo sem significado. – Nós dois rimos disso, como se Ben fosse uma piada interna.

– Esta manhã, acordei preocupado com Arthur. Foi uma sensação estranha querer tanto alguma coisa pra outra pessoa. Você tem mesmo sorte.

Quero lhe dizer que ele é bem-vindo, que talvez mais uma ou duas semanas sejam o que ele precisa. Mas sei que estou pisando em terreno escorregadio, porque Leo trouxe algo consigo, que vai levar embora quando partir.

Ele me deixa sozinha o dia inteiro, de modo que tenho a casa de chá para mim das dez às duas. Meus lápis estão em posição, e eu não acendi o fogo porque está quente lá fora. Escuto os pássaros através das janelas abertas dos fundos. De vez em quando, olho pela porta da frente para ver se Leo está vindo me ver.

Escrevo um monte de lixo, mais que o habitual. Cenas românticas ruins com beijos demorados e uma mulher sensata abrindo seu coração. Há uma proposta de casamento ao alvorecer nas montanhas, e, bem, eu oficialmente perdi a cabeça.

À uma e meia, ele ainda não veio me perturbar, então resolvo tirar um cochilo. Ainda é minha casa de chá, meu sofá-cama, então acho que tenho o direito de me deitar. Não ouso entrar embaixo de suas cobertas, seria íntimo demais, mas me afundo em seu travesseiro com fronha e fico sentindo seu cheiro até pegar no sono.

Sinto uma mão em meu ombro e uma pessoa sentada ao lado na cama. Entrei em um daqueles estupores diurnos em que você acorda e não sabe onde está. Pisco para ele.

– Ah, merda. Desculpe. É a sua cama. Que horas são?

– Duas e meia. Vim lhe trazer um chá e você estava apagada. Acho que cheguei tarde demais.

Ele está muito perto. E eu estou deitada. Não sei como me sentar sem chegar ainda mais perto dele, então continuo deitada.

– Estava escrevendo umas cenas realmente horríveis. Escrita ruim me cansa. – Ainda não estou completamente acordada. – O que você ficou fazendo?

– Andando de um lado pro outro esperando que você terminasse de escrever.

Sinto um vazio no estômago.

– Ah? – É tudo o que consigo dizer.

– É. – Ele se levanta e começa a caminhar pelo pequeno aposento. – Não tenho certeza sobre Arthur. Quero dizer, estávamos prontos ontem à noite, mas hoje, depois de um dia inteiro de escola, ele pode ter se esquecido de tudo. Quero dizer, e se for um desastre?

Ah, doce realidade. Obrigada. Eu me sento, me recosto e penteio o cabelo com os dedos. Sou uma pessoa e uma mãe novamente.

– Leo, ele só tem 10 anos. E essa é uma peça escolar do ensino fundamental. Metade das crianças vai vomitar ou começar a chorar durante o ensaio. Arthur vai ficar bem.

– Que horas vamos pegá-lo?

– Ah, meu Deus. Está bem.

Eu me levanto e respiro fundo.

– Estou abaixo do meu nível de rendimento. Estou encarregada das crianças durante o ensaio, daquelas que esperam nos bastidores. – Verifico meu celular. – Preciso ir.

Leo sai atrás de mim.

– Eu vou. Você não vai me fazer esperar aqui.

– Está bem. Saímos em dez minutos. Preciso organizar o jantar.

– Eu faço isso. O que comemos na quarta mesmo?

– Surpreenda-me – digo.

Juro que estamos em câmera lenta passando pela fila de pais à espera de seus filhos em frente à entrada da escola. Coloquei um vestido porque sei que faz 300 graus dentro do auditório em uma tarde de abril.

– Pernas! – Leo disse quando desci a escada.

Seguindo meu conselho, o astro trocou a calça jeans por uma de linho. Leo está absolutamente focado, movendo-se como se devêssemos estar lá horas atrás.

Passamos pela segurança ("Ele é meu hóspede"), que pede nossas carteiras de habilitação. O segurança olha para Leo e diz:

– É verdade?

Leo responde:

– Infelizmente é.

Nós nos encontramos com a sra. Sasaki no auditório.

– Oi, sou Nora Hamilton. Mãe de Arthur? Estamos aqui pra cuidar das crianças nos bastidores. – Eu já vi a sra. Sasaki dez vezes e nunca percebi nenhum interesse até agora. Seus olhos vão de mim para Leo, e ela até sorri. – Esse é meu amigo Leo. Temos trabalhado juntos, e ele se ofereceu pra me ajudar com as crianças, se estiver tudo bem.

– Ora, é claro. Obrigada! Isso é muito inesperado. Podem me chamar de Brenda. Toda ajuda que tivermos vai ser útil, sr. Vance. Soube que você estava na cidade. Eu diria que você conhece um pouco mais de teatro que eu.

Será que ela está flertando com ele? Olho para Leo para ver como ele está reagindo e o vejo lhe oferecendo seu olhar sensual. Ele está dando seu olhar sensual para a pobre sra. Sasaki. Pobre sra. Sasaki que tem que ir para casa para o sr. Sasaki esta noite. Juro que Leo vai arruinar todas nós com nossos homens normais.

Enquanto estamos nos dirigindo até a entrada do palco, digo:

— Pare com isso.

— Com o quê?

— Com esse olhar sensual.

Ele para de andar.

— Não faço isso com você.

Eu me viro para olhar para ele e pergunto:

— Por que não?

Ele me olha nos olhos e responde:

— Eu também gostaria de saber.

O tempo que se pode passar tão perto de Leo Vance olhando-o nos olhos sem se derreter em lava é curto, então digo:

— Bem, pois pare de olhar as inocentes mulheres de meia-idade daqui desse jeito. Vamos.

Bernadette se encontra conosco nos bastidores para trabalhar como nossa assistente e também para dar uma volta olímpica pelo espaço. Ninguém mais na escola vai duvidar do fato de que ela é muito amiga de Leo Vance.

Arthur chega murmurando falas consigo mesmo e corre até Leo.

— O que está fazendo aqui?

— Ajudando. — Ele dá de ombros. — Você está preparado, não se preocupe. Só sinta a coisa toda. E mantenha contato visual.

Organizamos as crianças em fila na ordem de suas cenas, de acordo com a lista de chamada que a sra. Sasaki me deu. Meu trabalho é basicamente mandar o grupo certo para o palco e manter o resto em silêncio. Os órfãos estão um pouco bagunceiros, se exibindo para as garotas do mercado, mas elas estão preocupadas demais com Leo para perceber.

Quando é a vez de Arthur, perco Leo completamente. Ele fica à esquerda do palco, enunciando as falas do menino e torcendo as mãos. A sra. Sasaki interrompe meu filho para lhe oferecer uma sugestão; ela gostaria que ele olhasse mais para o público enquanto diz suas falas.

— Está bem.

Arthur olha para Leo em busca de confirmação.

— Você não concorda, sr. Vance?

— Bom, adoro a ideia, Brenda. Eu gosto. E gosto muito disso nos números musicais. Mas, nesta cena, acho importante que ele se conecte com os órfãos, para que possamos sentir como ele cuida deles. Isso é o que vai cativar a plateia.

Olhar sensual.

Ele não deixa de olhar nos olhos dela até que ela diga:

— Entendo. Gosto disso. Que sugestão mais útil, Leo. Posso te chamar de Leo?

E, com isso, Leo assume um lugar na poltrona ao lado da sra. Sasaki durante o resto do ensaio.

CAPÍTULO 8

Há uma caixa grande de metal à nossa espera na varanda, contendo três pizzas do forno a lenha da Mario's, que fica na nossa cidade. Em cima, há um saco com uma salada enorme e quatro cannoli. Pelo visto, Leo cuidou do jantar.

Nos sentamos exaustos e atacamos a pizza. Leo abriu uma garrafa de *Pinot Noir*. Arthur e Bernadette estão falando sem parar. Quem é bom, quem não sabe dançar. Quem vai ser limado da produção até segunda-feira. Arthur está sentado um pouco mais aprumado que o normal, sua insegurança silenciosa se transformando em uma confiança silenciosa. Não foi seu papel na peça, percebo, foi a atenção e o interesse que Leo demonstrou por ele. Acho que Arthur se sente apoiado.

Bernadette faz a pergunta que não consigo dizer:

– Então essa é sua última noite?

Leo olha para mim, e eu olho para a taça de vinho. Não sei o que meu rosto está demonstrando, mas ele não precisa ver. Arthur fica em silêncio.

– Bom, isso é estranho – ele diz. – Ofereceram pra mim um emprego na cidade como codiretor de *Oliver Twist*. Eu meio que prometi a Brenda que ficaria até a noite da estreia.

Bernadette dá um gritinho e Arthur permanece imóvel.

– Isso é daqui a três semanas – ele diz.

– É, sim. – Leo enche nossas taças.

– Bom, que gentil – começo. – Quero dizer, você quer fazer isso? Você pode ficar, claro. – Não consigo parecer natural. Não consigo encontrar minha voz normal.

– Obrigado. Agora é hora de quê? Dever de casa?

Passo um tempo na cozinha preparando o café para a manhã que seria a última de Leo aqui. Meu alívio é profundo, mas tenho noção suficiente para saber que vai ser pior quando ele for embora daqui a três semanas. E meus filhos o adoram. Não consigo decidir se é saudável para eles saber como é ter um homem por perto interessado em suas vidas, ou se só vão sofrer mais pela partida do pai quando Leo também for embora. Pelo menos, vai nos deixar com uma coisa: a lembrança de uma peça escolar de sucesso. É por isso que ele está aqui, e a duração dessa peça é finita. Ninguém vai se surpreender quando o astro se for.

Encontro Leo no sofá do solário. Ele abriu uma segunda garrafa de vinho e está olhando para o jardim pelas janelas abertas.

– Quer se juntar a mim? – ele pergunta.

Pego outra taça. O projeto de arte de Bernadette está em cima da poltrona, então me sento no sofá, perto dos seus pés com meias.

– Obrigado por me deixar ficar – ele começa a dizer.

– Obrigada por ajudar meu filho.

Ele ergue a taça em um brinde, e eu ergo a minha, esperando que Leo fale mais. Ele abaixa a taça.

– Acho que brindar é muito pretensioso.

– Eu também.

– Acha que eu devia parar de atuar?

Viro o corpo todo para ele, puxando as pernas para cima do sofá.

– Não. Ninguém acha. Do que você está falando?

– Não sei. Fiz muitos filmes e só tenho 40 anos. Eu poderia ter toda uma segunda vida sem ser famoso. E ainda usar a pistola do autoatendimento.

– Você só está cansado. Fez três filmes em dois anos. Você está reiniciando, e estou muito feliz que esteja aqui. Mas ficará empolgado com seu próximo papel, e vai voltar pra isso.

– Eu meio que gosto disto.

– Você vai enjoar.

– Você enjoa?

– De jeito nenhum.

Ele sorri.

– Posso lhe contar um segredo?

Tento disfarçar a empolgação na voz.

– Claro.

– Vi todos os filmes de Natal do Canal do Romance. Eu adoro.

– Não adora, não.

Contenho o sorriso que está tomando meu rosto.

– Sério. Quando estava em casa pras festas de fim de ano, minha mãe e eu ficávamos acordados até tarde vendo uns dois ou três sem parar. Era o que costumávamos fazer. Ela gostava dos jovens se apaixonando; eu gosto das casas muito enfeitadas e das mães cozinhando coisas. E todo mundo se estressa com a forma como as luzinhas estão penduradas. – Ele toma um gole de vinho. – É um prazer secreto.

– Qual é o seu filme favorito? – *Escolha um dos meus! Escolha um dos meus!*

Ele leva mais tempo do que acho que a pergunta merece.

– A que a repórter acaba presa por causa da neve e fica pra ajudar o dono da pousada a planejar as festas de fim de ano. Gostei dos dois, achei que fazia sentido eles ficarem juntos.

– Becca e Daniel. *Lago plácido*. Esse é meu.

– Viu? Você é romântica.

– Só no papel. E quando o risco é baixo.

CAPÍTULO 9

NO FIM DO ENSAIO DA SEXTA-FEIRA À TARDE, A SRA. SASAKI está basicamente apenas levando copos de água para Leo e concordando com suas ideias.

Weezie me manda uma mensagem quando estou quase pegando no sono: O que está acontecendo aí? Ele vai ficar mais três semanas???

Eu: Acho que ele está descansando aqui, respondo.

Weezie: Está bem, então. Acho que ele é problema seu. Vou "descansar" na cobertura dele até ter mais notícias.

Eu: Bom pra você.

No sábado, Leo quer ir ao jogo de futebol de Bernadette. Ele fica chocado com a quantidade de árvores que ladeiam o campo e com as cadeiras confortáveis do estádio. Julga que minha filha é surpreendentemente agressiva para uma garota da sua idade e devia arranjar um treinador particular antes do ensino fundamental II. Reviro muito os olhos e tento não olhar para seus pés. Ele está de chinelo pela primeira vez, acho que porque está mais quente. Seus pés são como suas mãos, incrivelmente bonitos e fortes. Penso neles subindo e descendo minha escada no meio da noite. Eu me esforço para nunca pensar em suas mãos.

Meus problemas com a peça vão se resolvendo enquanto Leo sai desfilando do campo de futebol para o campo de beisebol distribuindo olás e sorrisos. Estamos a vinte dias da estreia e ninguém tinha se oferecido para trabalhar nos cenários e figurinos. O plano B era usar uma velha cortina de aniagem pendurada no palco e fazer as crianças vestirem suas roupas mais gastas para caracterizarem os órfãos. De repente, agora todo mundo quer se envolver, e todas estão se aglomerando à nossa volta.

Leo se levanta para conhecer Tanya Chung. Ele fica olhando profundamente nos olhos dela, até que ela concorda em aprontar todo o figurino até as quatro horas da semana que vem, nosso primeiro ensaio geral. Evelyn Ness concorda em fazer todos os cenários, e juro que vi seus joelhos bambearem um pouco.

— Você nunca para de atuar — falo para ele.

— Então, o que rola nas noites de sábado? — ele nos pergunta a caminho de casa depois do jogo desastroso de Arthur com entradas extras na liga infantil.

— Vou dormir na casa de Sasha — responde Bernadette.

— Tenho um aniversário — diz Arthur.

— Ah, parece que estamos sem sorte. Posso levá-la pra jantar?

Ouço risos no banco de trás, e agora posso estar corando. Abro a janela.

— Claro.

— Algum lugar decente?

— Tem um bistrô muito bom na cidade. Não seja esnobe.

Leo revira os olhos no retrovisor e provoca mais risos.

. . .

Acho que estou usando maquiagem demais, mas não tenho ninguém a quem perguntar. Não estou acostumada com coisas pretas nos olhos e parece que levei uma porrada. Mas talvez seja grosseiro não fazer um pouco de esforço em uma noite de sábado, então pego um vestido azul-marinho de seda sem mangas, para o caso de eu transpirar.

Meu cabelo está bom hoje. Obrigada, Deus, pelos pequenos favores.

— Você é uma mulher adulta — digo para o meu reflexo. — Não aja como uma adolescente.

— Droga — ele fala quando entro na cozinha, vestido com uma camisa branca impecável e um blazer esportivo. Está barbeado e sorridente e, bem, ele parece um astro do cinema.

— Exagerei? — Preciso mesmo que alguém seja honesto.

— Na medida.

Como esperado, assim que entramos no restaurante, todo mundo suspira de surpresa. Pessoas que me conhecem só de passagem acenam com entusiasmo. Pessoas que me conhecem bem armam idas frequentes ao banheiro para parar e dizer oi.

A recepcionista nos conduz até uma mesa de canto que fica nos fundos, de frente para o interior do restaurante. Leo põe a mão no antebraço dela, e ela quase desmaia.

— Não quero ser chato, mas seria possível nos colocar naquela mesa ali?

Ele aponta para uma mesa diante de um sofá preso na parede.

Depois de uma taça de vinho, esqueço que a cidade toda está olhando para nós. Estamos dando risada de como ele enfeitiçou aquelas pobres mulheres para fazê-las trabalhar na peça. Conversamos sobre as crianças como se elas fossem um interesse comum. Ele quer saber sobre minha breve carreira no mercado editorial, e suas respostas fazem com que eu perceba que aprendi mais do que pensava.

— Você namora? — pergunta ele.

— Não.

— Nunca?

— Nunca.

— Por que não?

— Esse subúrbio é bem rural. Solteiros não costumam se reunir por aqui. Além disso, eu acordo cedo, como você sabe.

— Você não fica solitária?

— Não tanto quanto eu era quando estava casada com Ben.

Quando as sobremesas chegam, ele quer jogar seu novo jogo favorito: filme romântico.

— Certo, tenho uma. Apresentador de *talk-show* de Akron, Ohio. Espeto um pedaço de bolo de chocolate enquanto penso.

— Ele vai pro interior pra entrevistar uma estrela de cinema reclusa e se apaixona por sua cuidadora, que provavelmente sonha em abrir uma loja de *cupcakes*.

— Todas sonham.

— Tem um número absurdo de confeiteiras nesses filmes — concordo. — E ninguém está acima do peso.

— Não tem atividade comunitária no fim?

— Hum. — Reflito, comendo o bolo. — Ah! Ele vai apresentar o leilão da feira rural.

— Onde ela vai estar vendendo *cupcakes*.

— Evidentemente.

— E ele tem que ir embora antes do evento, partindo seu coração, mas então volta e há um grande beijo — ele diz.

— O beijo, na verdade, nunca é tão grande assim.

Ele terminou seu vinho, então divido o meu.

– Então é isso? – pergunta ele.

– Bom, tem as pequenas coisas. Se um deles tem pais, eles são sempre excepcionalmente amorosos e autossuficientes. Não são chatos. – Como outro pedaço de bolo. – E a mulher normalmente tem uma peculiaridade que seria irritante para a maioria dos homens, mas que esse cara em especial acha irresistível.

– Sério?

– É parte da fantasia. Tipo a mulher que é muito tensa e faz montes de listas e acaba atraindo o músico que precisa dar um rumo à sua carreira.

– Diabólico. E a descompensada que organiza a vida pra ser tipo um relógio suíço?

– Bom – digo, terminando o vinho e colocando o guardanapo sobre a mesa –, ela faz muitas coisas. Mas, em minha experiência, isso não é exatamente o tipo de coisa que um homem acharia irresistível.

– Eu acho – ele diz. – Nós devíamos ir pra casa.

A casa está escura quando voltamos, e nenhum de nós acende a luz. Ficamos ali parados na cozinha e ele dá um passo em minha direção.

– Precisamos buscar Arthur?

Arthur?, eu me pergunto. *Ah, certo.*

– Kate vai trazê-lo.

– Está bem – ele diz.

Ele está tão perto que, se desse meio passo para frente, poderia me beijar. Eu me pergunto outra vez se minha imaginação ficou rebelde, se talvez não seja hora de largar o gênero romântico. E o vinho.

– Meu salmão estava no ponto perfeito – digo literalmente do nada, porque quero romper o contato visual. Chego para o lado, de modo que não estamos mais de frente um para o outro. – Quero dizer, às vezes ele vem malpassado demais, rosado no centro, como dizem, ainda praticamente respirando. Não que peixes respirem. – Dou uma risadinha do meu comentário nada engraçado, mas agora consigo respirar. Viro para a bancada e começo a arrumar uma pilha de papéis que já está arrumada.

– Quer acender aquela luz? – pergunto.

– Não – ele diz, se aproximando pelas minhas costas.

– Ah – falo, me virando.

Ele afasta uma mecha de cabelo dos meus olhos e pousa a mão no meu pescoço. Não me lembro de ele já ter me tocado antes, e pela sensação quente e formigante que se espalha pelo meu corpo, acho que teria me lembrado. Não posso olhá-lo nos olhos, mas posso senti-lo me estudando no escuro. Leo se inclina para perto, e seu rosto está tão perto que nossos narizes encostam. Sua respiração está sobre meus lábios. O espaço entre nós está elétrico de desejo, principalmente o meu, e tenho medo de encará-lo porque vai notar todo esse desejo exposto. Por alguma razão, quero permanecer nesse momento, nesse limiar, sabendo e ao mesmo tempo não sabendo o que está prestes a acontecer. Vai ser o gato de Schrödinger dos beijos.

Ele sussurra meu nome e o momento passa. Finalmente ergo os olhos até os dele, e Leo me beija. Começa como um beijo pequeno, hesitante, e se transforma em um beijo sem fim que me dissolve. Ele está me beijando com tanta urgência que quero acreditar que esteve fantasiando isso com tanta frequência quanto eu. Não há nada no mundo mais natural ou inevitável que sua mão nos meus quadris, minhas mãos em seu cabelo. Não sei onde estou quando faróis iluminam minha garagem. A porta de um carro se abre e se fecha, e Leo murmura:

– Arthur.

Ele acende a luz quando Arthur entra pela porta da frente. Estamos um pouco sem fôlego, então eu digo:

— Oi, querido, que *timing* perfeito, acabamos de chegar da garagem. — Só que meu carro está estacionado na frente. — Como foi?

— Bom. Vimos um filme e brincamos de batalha de Nerf no bosque atrás da casa deles. — Ele pega um copo d'água e ficamos observando-o, talvez sem querer olhar um para o outro. — Bem, boa noite — ele diz, dando um abraço em nós.

— Boa noite, querido. Já vou subir pra cobrir você — falo, porque é o que sempre faço. Toda noite.

Não há parte de mim que queira deixar essa cozinha.

Quando ouvimos água correndo no andar de cima, Leo pega minha mão e entrelaça nossos dedos.

— Bem... — ele diz.

— É. — Não consigo parar de olhar para as nossas mãos juntas. A mão dele ali, misturada com a minha.

— Acho que vou me deitar também — ele fala.

— Está bem.

— Está bem — ele diz e me beija outra vez. Na verdade, é só uma provocação mínima. — Vejo você no nascer do sol. — Ele sai andando pela porta dos fundos e atravessa o gramado na direção da casa de chá.

Mal consigo dormir, claro. Mando uma mensagem para Penny: Espero que não esteja acordando você, mas se estou, você pode me responder? Ele me beijou.

Envio a mesma mensagem para Kate. Não obtenho resposta. Meu coração está acelerado, preciso me acalmar. Fato: provavelmente nunca vou me recuperar daquele beijo. Fato: esse homem sai com jovens estrelas do cinema. Fato: sou uma mulher comum que amamentou dois bebês. Ah, meu Deus. Talvez Leo esteja bêbado. Ele não parecia bêbado. Talvez esteja representando. Ele pareceu sincero. Talvez esteja apenas interpretando ser sincero. Por quê? Para roubar uns beijos de uma mãe suburbana e solitária? Se essa fosse sua ideia, seu jogo é realmente demorado. Leo podia beijar quem quisesse. *Talvez ele goste mesmo de mim*, diz uma das menores vozes na minha cabeça.

Quando a luz começa a invadir meu quarto, abro os olhos e me lembro. Pulo da cama e analiso meu pijama de flanela branca com estrelinhas amarelas. Troco a camisa do pijama por uma camiseta e jogo um suéter azul-claro por cima. Meu pescoço parece estranho, por isso acrescento um cachecol. Quando me vejo no espelho, percebo que fiz novamente. Parece que vomitei sobre mim mesma minha pilha de roupas para doação. Eu me troco novamente e visto um pijama normal.

Entro na cozinha e vejo que o café já está pronto. Ele deixou uma caneca para mim. Sirvo meu café e vou lá para fora.

– Você está atrasada – ele diz.

Eu me sento e ele me cobre com seu cobertor. Procuro sinais de que alguma coisa mudou, de que esse é um gesto mais íntimo. Mas Leo está dividindo seu cobertor do mesmo jeito que fez desde o primeiro dia, mil anos atrás, na época em que minha camisola era transparente. Estou estranhamente consciente de meus lábios na caneca de café. Parecem até lábios comuns, mas não são, porque foram beijados por Leo Vance na noite passada. Não quero olhar para ele, sei que vou olhar fixamente para seus lábios.

Olhamos para o céu enquanto as folhas são iluminadas pelo sol. O espetáculo está quase no fim, e preciso ouvi-lo dizer alguma coisa, qualquer coisa que indique que aquilo realmente aconteceu e que Leo planeja me beijar outra vez.

– Qual a programação de hoje? – ele pergunta.

Ah, romance. A menção da "programação" soa como um golpe, como se talvez eu achasse que ele ia sugerir fugir para Cap d'Antibes. *Qual a programação de hoje?* Levo um instante para me lembrar que é domingo, e sacudo a cabeça para desanuviá-la.

Respiro fundo.

– É domingo – falo para ganhar tempo. – Bernadette tem um jogo de futebol à uma hora em Yardsmouth, a uma hora de distância. Arthur tem outro aniversário, um filme ao meio-dia.

– O time de Yardsmouth é bom?

Ugh. Ele está nitidamente se agarrando a qualquer tópico possível que não esteja relacionado àquele beijo. O futebol sub-9 das meninas certamente vai servir.

– Elas são horríveis. Não vai ser um grande jogo.

– Interessante.

Estou um pouco vulnerável. Eu me abri para a possibilidade de que aquele beijo tivesse sido algo verdadeiro, o início de alguma coisa. E ali está ele olhando fixamente para frente, falando sobre a agenda da casa. Logo vai me perguntar como funciona a panela elétrica e se pode lavar roupa escura na água quente.

– Na verdade, não é muito.

Trago as pernas para junto do peito. Estou sofrendo e sentindo um pouco de raiva. Não se pode sair por aí beijando mulheres solitárias sem motivo. É irresponsável e quase crueldade. É como um dia dar um bife a um cachorro e no dia seguinte querer voltar à ração. Não se sabe o que não se conhece, e aquele beijo era algo que eu não precisava conhecer.

– Tem algum jeito de arranjarmos uma carona pra Bernadette ir pra Yardsmouth?

– Por quê?

Ainda não estou olhando para ele.

– Porque se conseguíssemos, podíamos ficar sozinhos das onze e meia às duas.

Ele agora está olhando para mim.

Fico vermelha, vermelha de verdade.

– Ah – digo.

– Podemos?

– Vou ligar pra Jenna.

Ainda não olhei para ele, mas Leo pega minha mão embaixo do cobertor. Como se isso fosse a coisa mais normal do mundo.

CAPÍTULO 10

TOMO CUIDADO PARA NÃO MANTER CONTATO VISUAL COM Leo durante o café da manhã. Posso senti-lo me observando, mas não quero arriscar que meus filhos vejam qualquer sinal de luxúria que possa passar pelo meu rosto se nos olharmos nos olhos. Preparo um café da manhã extremamente complicado sem motivo, *waffles* e salsicha. Prolongo o trabalho habitual e descubro que queimei zero por cento da minha energia nervosa. Tomo um banho, me visto e torno a descer.

– Você tem alguma coisa hoje? – Arthur me pergunta.

Paro na escada. Olho para ele e, em seguida, finalmente, para Leo.

– Por quê?

– Esse vestido. Tem alguma festa?

Olho para o meu vestido amarelo de verão e, na verdade, eu não tenho explicação. Meu uniforme habitual – camiseta e jeans – hoje não me pareceu bom o suficiente. Talvez em algum nível inconsciente eu tenha pensado que calça jeans é difícil de tirar e deixa marcas na pele. Xingo-me em silêncio por mostrar meu jogo assim desse jeito.

– Ah, estou um pouco atrasada com a lavagem da roupa. Por que não pega o presente do Howie e eu deixo você no cinema?

– Mãe, são só dez e meia.

– Certo.

Leo está na bancada fingindo ler algo no celular, mas o vejo segurando o riso.

Depois que Jenna vem buscar a Bernadette e ouvimos o carro dela partindo na rua, Leo atravessa a cozinha e me toma nos braços. Com meu corpo em alerta máximo, percebo que preciso muito desse abraço. A força dos braços dele ao meu redor e seu cheiro reconfortante estão começando a me acalmar.

– Então, em que pé estamos agora? – ele pergunta no meu cabelo.

– Estou aterrorizada – admito.

– Eu também. Posso levá-la pra casa de chá?

Parece correto nos afastarmos do cheiro de *waffles* e de pilhas de louças e irmos para um lugar onde possamos pensar com mais clareza.

– Claro – respondo e ele pega minha mão enquanto caminhamos descalços pelo jardim.

Quando entramos, ele fecha a porta. Não sei onde ficar, então me sento em sua cama desarrumada. Leo não se junta a mim.

– Quer que eu acenda o fogo?

– Está quente aqui dentro.

– Certo.

Ele arruma a cadeira junto da mesa. Dobra um suéter que estava pendurado no encosto. Parece se demorar propositalmente. Eu me encosto na cama e me amaldiçoo pela escolha do vestido. Sinto vontade de puxar os joelhos junto ao peito em uma postura defensiva, para me sentir segura enquanto entendo o que está acontecendo aqui. Por educação, fico ali sentada com as mãos sobre o colo, o que faz com que eu me sinta infantil e exposta.

— Posso me sentar com você? – pergunta ele.

— É claro.

Ele dá dois passos até a cama e se senta com cuidado, como se colocar seu corpo ali pudesse detonar acidentalmente uma bomba.

Preciso tocá-lo e começo a pensar que essa talvez seja minha última chance. Seguro sua mão e passo os dedos na sua palma. Vou fazer isso para sempre para evitar ouvi-lo dizer que isso foi um erro.

Falo:

— Sei por que estou apavorada. Por que você está tão nervoso? Você não faz isso o tempo todo?

Estou tentando deixar as coisas mais leves, como se fôssemos apenas Nora e Leo batendo um papo, mas não funciona.

— Você é uma pessoa real.

— Porque eu dirijo um Subaru?

Não tenho certeza de quando desenvolvi essa tendência de mencionar as coisas menos sexy do mundo nos piores momentos possíveis.

— Porque eu a conheço. E não tenho muita experiência com isso.

— Bom, eu não tenho muita experiência com nada – digo.

— Não precisamos fazer isso – ele fala, mas agora sua mão está na parte de dentro de meus tornozelos cruzados.

Ele observa a linha que está desenhando pela minha panturrilha. A sensação de seus dedos mal tocando minha pele ao chegarem na parte de trás de meu joelho me faz perder o fôlego.

— Acho que precisamos – digo quase em um sussurro, porque não confio em minha voz.

Ele ergue os olhos e me beija profundamente, segurando minha cabeça pela nuca como se eu estivesse correndo o risco de fugir. Como se eu fosse fazer isso. Fico tão atônita com esse beijo que nem percebo que joguei meus braços em torno do seu pescoço e minhas pernas em torno de suas costas. O vestido, na verdade, foi uma boa decisão. Nos despimos em um frenesi, e quando não há nada entre nós, tudo desacelera, menos meu ritmo cardíaco. Leo me beija devagar e quando começa a fazer amor comigo, tenho certeza de que não estava representando. Em seu estado mais básico, com a guarda totalmente baixa, ele é a mesma pessoa que tem se sentado na minha varanda: atencioso, bom ouvinte e que espera o fim das histórias. Pela primeira vez na vida, abandono minha mente agitada demais e agora existo apenas no cheiro do pescoço dele. No som de Leo murmurando meu nome. No toque de sua pele agora molhada de suor. Na sensação do meu corpo se abrindo para algo tão poderoso que não sei como voltar à normalidade.

O sofá-cama é pequeno demais para nos deitarmos lado a lado depois, então viro de costas para organizar meus pensamentos. Estou me sentindo um pouco constrangida. Nunca estive tão exposta antes.

— Estava pensando nisso há muito tempo — ele diz.

— Você só me conhece há duas semanas.

Leo ri e beija meu ombro.

— Você não é muito romântica, não é?

— Às vezes, eu penso demais.

— Vou consertar você — diz, e eu me viro para ele.

Ele está brincando, mas amo a ideia de estar do outro lado desse conserto. Amo a ideia de Leo achar que eu valho a pena. Amo o tempo futuro enterrado fundo nessa frase.

Meus filhos percebem que alguma coisa está acontecendo, mas felizmente não sabem o quê. Eles estão em uma idade em que sua primeira suspeita não seria sexo, mas também estão extremamente sintonizados com mudanças sutis em sua mãe. Eu os sinto me observando, e não sei se é a leveza em meu corpo ou o sorriso em meu rosto enquanto lavo batatas que chama a atenção. Sei que estou brilhando, e não há nada que eu possa fazer para esconder ou impedir isso.

Apesar de tudo ter mudado, nessa primeira semana minha rotina não fica tão diferente. Nascer do sol, café da manhã, filhos na escola, corrida, banho, casa de chá das dez às duas. Só que, em vez de escrever, eu me deito com um astro do cinema. Há muito sexo, uma quantidade ridícula de sexo. Em minha vida anterior, eu consideraria metade desse sexo todo um pesadelo completo, mas, agora, um dia na cama me parece um dia bem vivido. É possível que eu nunca soubesse o que era sexo antes de Leo.

Eu costumava pensar muito no encanador quando fazia sexo com Ben. Não porque estivesse atraída pelo encanador, mas porque eu me perguntava se tinha me lembrado de agendar uma visita para ele verificar o lacre no registro externo de água. Se não fizesse isso, os canos podiam congelar e estourar, e isso seria muito caro. Um conserto desses comeria grande parte do meu orçamento de Natal já apertado. E eu precisava muito convencer Arthur de que ele não precisava de uma bateria. Nem tanto pelo barulho, mas pelo espaço que ocuparia e pela irritação de ter que aspirar o chão em torno dela quando ele estivesse farto da bateria já no Ano-Novo. No Ano-Novo, gosto de fazer uma salada de frango com *curry*, mas o médico de Arthur nos disse diversas vezes que talvez ele tivesse que reduzir laticínios. Eu teria que quebrar essa tradição por causa da maionese. Mas espere. Maionese é só azeite e ovos. Não tem laticínios nela! Arthur pode comer tanto quanto quiser! Eu podia até fazer uma salada de macarrão com aquele molho vegetal que o meu filho. gosta. *Maionese não é laticínio*, eu sorria comigo mesma enquanto Ben saía de cima de mim. É claro, Ben achava que esse sorriso, como tudo mais, era por causa dele.

Acho que o problema de Ben na cama era o mesmo que seu problema fora da cama: meu ex acha que tudo se trata dele. Ben se concentra exclusivamente no que vai deixá-lo feliz, no que vai fazer com que se sinta satisfeito e no que vai causar uma boa imagem de Ben para o mundo exterior. Com Leo, não se trata de nenhum de nós. É como se houvesse uma terceira coisa criada por nós. Adentramos nosso espaço e o resto do mundo desaparece. Não existe mais o tempo, nem notícia nem nada fora daquele sofá-cama até as três horas.

Leo gosta de correr o dedo pela minha orelha, descendo pelo meu pescoço e pela clavícula, e às vezes acabo pegando no sono. Nos levantamos para receber a comida. Às vezes, fazemos tarefas domésticas. Ficamos ao mesmo tempo energizados e preguiçosos, supercarregados e sonolentos. Eu me pergunto se outras pessoas sentem que estamos operando em uma onda diferente de energia, como se ouvíssemos uma trilha sonora separada e sentíssemos de forma mais intensa o ar sobre nossas peles. No fundo, tenho total consciência de que essa não é uma realidade sustentável, mas me agarro a ela como se faz com um sonho bom quando se tem certeza de que é impossível reproduzir a sensação na vida real.

Leo nunca botou os pés no meu quarto. Ele nem toca minha mão quando as crianças estão em casa. Não discutimos isso, mas ele parece entender meu instinto de protegê-las. No canto mais obscuro do meu ser, onde um pedaço minúsculo meu ainda reconhece a realidade, sei que Leo é temporário. Estou à beira de uma queda terrível, mas, enquanto conseguir manter isso como problema meu, e não deles, está valendo a pena.

Ele começa a me acompanhar nas corridas, que diz serem entediantes. Gosto da repetição porque ela me força a seguir em frente e, honestamente, minha vida inteira é uma repetição: todo dia, termino onde comecei. Já ele gosta de variedade, então passamos a explorar estradas rurais que circundam Laurel Ridge. Alguns trechos são pavimentados, outros são de terra, mudando o som que nossos passos fazem enquanto corremos. Passamos por casas esparsas com cercas de madeira, mas ambos os lados da estrada têm em sua maioria campinas, adornadas com os últimos narcisos da estação. Velhas cerejeiras e abrunheiros fornecem sombras esporádicas, e se o vento sopra no momento certo, corremos através de uma chuva de flores que caem como confete.

Às vezes, vamos tão longe que voltamos andando, e às vezes Leo segura a minha mão. Estamos no meio de uma conversa de dias de duração envolvendo os detalhes mais inconsequentes e monumentais de nossas vidas.

— Minha mãe teve câncer no pulmão — ele conta para mim em uma caminhada. — Mas só me contaram bem perto do fim. Não queriam interromper minhas filmagens, como se isso importasse. — Ele fica em silêncio por um tempo. — Eu a vi um dia antes de sua morte. Luke estava lá havia duas semanas, o que me irritou muito. A última coisa que minha mãe me disse foi que astros do cinema não cuidam de doentes terminais.

— O que Luke faz? — pergunto.

— Ele é advogado. Acho que advogados podem cuidar de doentes terminais. Enfim, em três dias, descobri que minha mãe estava doente, me despedi e ela morreu.

— Então é por isso que você está aqui? — Odeio perceber a carência em minha voz.

— Estou aqui por você — ele diz. — Mas, antes de você, antes disso, me dava uma sensação boa me conectar com a vida real, com a floresta, o nascer do sol e o horário. Tipo, alguém que sabe essas coisas pode totalmente cuidar de doentes terminais.

Mais tarde, na casa de chá, ele quer saber mais sobre Ben.

— Deve haver alguma coisa muito errada com ele — Leo diz e me beija com tamanha delicadeza que eu talvez comece a chorar.

Ele conhece a maior parte da história porque o interpretou no filme. Nos conhecemos na faculdade e nos mudamos para a cidade. Arranjei um emprego em edição e ele pretendia abrir uma empresa de tecnologia. Um ano após iniciar sua *startup*, uma empresa maior lançou o mesmo projeto. A mesma coisa aconteceu com sua ideia seguinte e a seguinte. Só que o filme não cobre a verdadeira história do dinheiro — como Ben gastava todo o dinheiro que eu ganhava de forma quase agressiva, como se comprasse por raiva.

— Acho que como ele sempre teve dinheiro, nunca esperou que as coisas fossem difíceis. Ben literalmente não conseguia lidar com nada que não era do seu jeito. Era como se estivesses sempre lhe devendo.

— O que aconteceu com o dinheiro do avô?

— Ele foi mal administrado ao longo dos anos; o pai de Ben não se concentrou no negócio quando chegou sua vez de administrá-lo. Então o que restou foi um grupo de pessoas raivosas e sem grana que acreditavam ter direitos demais, mas que não sabiam cuidar de si mesmas.

— Deveria ter colocado isso no filme. Ficaria bem no personagem. Tipo, foi difícil pra mim entender por que Trevor era tão tolo.

Afasto o cabelo de Leo de seus olhos.

— Foi minha culpa, também. Deixei que ele fingisse que estava prestes a ser bem-sucedido. Eu o banquei por anos porque não queria estar errada em relação ao meu casamento, à minha vida.

— Você é uma otária — brinca ele. — Tenho que lhe dizer: também não sou bom com dinheiro. Não sei nada sobre isso.

— Só que você pode comprar muitas bananas.

Leo dá risada.

– Muitas bananas.

– Bem, estou rica agora, então está tudo bem – digo.

– Está? Então todos os meus sonhos se realizaram. – Ele me puxa num abraço apertado – Que bom partido.

– Estou falando sério. *A casa de chá* me tirou das dívidas. Quando você se endivida muito, não ter dívidas lhe dá a sensação de estar bem rico. Então, esse não vai ser o filme em que a heroína tem que vender a fazenda.

– Graças a Deus. Eu gosto da fazenda.

– Um dia, Ben me encontrou aqui organizando umas contas, tentando descobrir quais precisávamos pagar e quais podíamos atrasar. Eu disse algo sobre como estaríamos melhor se nós dois tivéssemos um emprego e acho que esse foi o fim. Nesse dia, ele deve ter me colocado na lista de pessoas que estavam empacando seu caminho para a realização dos seus grandes sonhos.

– Isso estava no filme.

Dou risada, porque é tudo um borrão. A vida real foi transformada em um filme, que vira um caso louco com o homem que fingia ser o meu marido na tela. Para uma pessoa cuja vida é bem simples, nunca imaginei que minhas histórias iam se sobrepor umas às outras.

– Você o amava?

– Talvez no começo. Mas existem partes das pessoas que você não pode desver depois de anos vivendo com elas. Bom, o desinteresse dele pelos filhos é uma delas. Mas também sua completa obsessão consigo mesmo, sua incapacidade de apreciar a beleza. Muitas coisas.

– Eu aprecio a beleza – ele diz. E dá um sorriso que nunca vi nos filmes. É o mesmo que ele deu quando Arthur recitou as falas de cor pela primeira vez.

– O que é esse sorriso? – pergunto enquanto delineio seus lábios.

– Estou feliz. Estou feliz por ele ter lhe deixado.

. . .

Penny me escreve dez vezes por dia: O que está acontecendo agora? Quanto tempo ele vai ficar? Por que não está respondendo minhas mensagens????? Respondo: Estou perigosamente feliz e geralmente pelada demais pra responder você.

Toda tarde, passamos duas horas separados, e é torturante. Ele fica brincando de diretor no auditório enquanto eu fico nos bastidores, de babá. É estranho ver todas aquelas pessoas normais me tratando como uma pessoa normal. Não sou uma pessoa normal. Sou a namorada de Leo Vance.

— Sra. Hamilton? — Savanah pergunta. — Vamos ensaiar a cena do mercado hoje?

Não sei, penso. *Não sei nem que dia é hoje.* Não faz nem uma semana que Leo Vance se tornou meu amante, e estou no meio de uma nuvem que não quero que se dissipe.

Kate me ajuda a reunir as crianças e as chama em grupos para vestirem os figurinos. Eu deixo que ela assuma a tarefa.

— Nunca a vi assim — ela comenta.

— Assim como?

Como se eu não soubesse.

— Inconstante. Solta. Distraída.

— Estou todas essas coisas mesmo.

— Então qual é o plano? Ele vai ficar duas semanas e vai embora depois da primeira apresentação?

— Bom, isso foi o que Leo disse antes, mas agora eu não sei. Nós não falamos sobre isso, mas ele meio que dá a entender que vai ficar. Como se houvesse mais do que isto. — Sua expressão de preocupação é difícil de ser ignorada. — Estou totalmente iludida, não estou?

– Não, minha amiga. Você está apaixonada. A gente só não consegue saber como vai ser o final feliz ainda.

Ela passa os braços ao meu redor e me aperta.

Às vezes, deixo as crianças com Kate para poder ficar à esquerda do palco observando Leo trabalhar. Primeiro porque simplesmente gosto de olhar para ele. E se tenho sorte, capto seu olhar e ele me lança uma expressão que me faz estremecer. Também gosto de vê-lo fazendo o que faz, tentando ensinar interpretação para as crianças. Ele leva a coisa muito a sério.

Leo parece achar que Oliver está desanimado. Ele está agachado à frente do pequeno Ty Jackson, olhando-o nos olhos.

– Preciso que entre na cabeça de Oliver.

Ty apenas o encara.

– Na cabeça dele?

– Preciso que você imagine a situação. Você não tem pais, não tem casa.

– Eu tenho uma piscina – Ty fala.

– Você tem, mas Oliver, não. Preciso que imagine que seus pais morreram e você tem apenas a roupa do corpo. Você não tem nem cobertor para lhe proteger do frio. Nem um único amigo.

Doze outros membros do elenco observam Ty fechando os olhos e tentando imaginar. Doze outros membros do elenco ficam horrorizados quando Ty irrompe em lágrimas.

Leo passa os braços em torno dele.

– Isso mesmo. Use isso na próxima cena.

Saio correndo e anuncio:

– Vamos fazer uma pausa.

Você foi longe demais, articulo para Leo sem emitir som.

Quando os pais estão buscado as crianças depois do ensaio, Leo leva Ty até sua mãe. Fico alguns metros para trás junto com os outros, como se fosse algo altamente pessoal ou profissional e nós não devêssemos ver.

– Oi, sou o Leo – ele se apresenta, estendendo a mão para a mãe de Ty, que parece incapaz de controlar seu sorriso. – Acho que devo desculpas a Ty, e queria que você soubesse.

– O quê? Tenho certeza de que ele está bem. A gente não consegue superar o fato de que você estar dirigindo esta peça. Nunca em um milhão de anos.

Ty está com os braços em torno da cintura da mãe.

– Eu o fiz chorar e sinto muito. – Para Ty: – Você é um ator tão bom que me esqueci que tem 10 anos. Esqueça-se de tudo o que eu disse, está bem? Você estava mandando bem antes.

Ty larga a mãe e abraça Leo.

– Está bem – ele diz.

– É preciso assumir as responsabilidades – Leo fala no jantar, roendo um osso de frango. – Se fizer isso o bastante, não fica tão difícil. "Estraguei tudo, me desculpe." Não é nada de mais.

– Achei mesmo que Ty fosse perder o controle – Arthur diz.

– É o único jeito. Quando você faz merda, tem que consertar as coisas – Leo diz. – Isso é o que meu pai mais gosta de falar, responsabilidade pessoal. Se assumir que não é perfeito, a vida se torna mais fácil. E vamos encarar, eu estava totalmente deslocado, não sei nada sobre crianças. Vocês são as únicas crianças que eu conheço.

Eu me pergunto se meus filhos estão pensando em Ben. Eu me pergunto se já perceberam que ele dobra a aposta a cada passo em falso só para evitar admitir que estava errado. Espero que não consigam ver no meu rosto que estou totalmente apaixonada por Leo nesse momento. Espero que pelo menos eles, pois eu não tenho mais salvação, estejam encarando a situação com clareza: temos um hóspede simpático que está trabalhando na peça da escola e compartilhando sua visão de mundo. Mas tenho que admitir que nós quatro em torno da mesa da cozinha parece muito mais que isso.

— Fico com vergonha quando tenho que pedir desculpas. Eu me sinto toda quente por dentro — Bernadette diz.

— Então você deve continuar fazendo isso até ficar fácil — Leo fala. — Mas só quando estiver realmente errada.

— Eu não acho que o Ty vai ser um Oliver Twist muito bom — Arthur comenta.

— Nem eu — Leo diz. — Mas temos que deixar isso pra lá e fazer o melhor possível.

Arthur assente, como se tivesse compreendido profundamente. Algo está acontecendo em meio ao frango, arroz e vagem. Sabedoria está sendo trocada. Alguns poderiam chamar isso de papel de pai. Fico maravilhada com o fato de esse momento ter sido criado por outra pessoa além de mim. Quando Ben estava aqui, eu costumava acordar no meio da noite preocupada que toda lição de vida que meus filhos obteriam viesse apenas de mim. Eles sabem atravessar a rua? Sabem correr em ziguezague se estiverem sendo perseguidos por um urso? As lições que aprenderiam com Ben funcionariam mais como alertas: Não seja empresário se não quiser trabalhar. Não diminua seus filhos se quiser que eles o amem.

Leo sorri para mim por cima de sua taça de vinho. Arrumamos a mesa, assistimos à *Roda da fortuna*. Ele insiste que eu suba para ler e colocá-los na cama. Ele vai para a casa de chá e trocamos mensagens até pegarmos no sono. Essa rotina, na verdade, é absurda. Eu quase não durmo e não escrevo uma palavra desde aquele primeiro beijo. E não quero que nada mude.

CAPÍTULO II

ASSAMOS A MAIORIA DAS ALVORADAS ACONCHEGADOS, atentos ao rangido da porta de tela. É sábado, mas Bernadette não costuma dormir até tarde.

– Chegue pra lá – ordena ela, se aproximando.

Ela se senta ao lado de Leo, e ele passa o braço ao seu redor. Ela se recosta em seu peito. Não percebi isso antes e me pergunto se é a primeira vez. Não consigo fazer com que minha mente registre há quanto tempo Leo está aqui, mas, de repente, parece que sempre esteve.

– O que vai fazer hoje? – ele lhe pergunta.

– Eu tenho futebol, Arthur tem um jogo de beisebol. Mas tem um festival de *food trucks* no Craft Park. A gente devia ir.

– Eu topo – Leo diz.

– Você vai ser assediado – aviso.

– Já fui assediado antes – diz ele. – Vocês podem me proteger.

Passamos pelo futebol (sucesso) e pelo beisebol (nem tanto) e vamos direto para o festival. Está lotado. Há dez *food trucks* e pelo menos vinte pessoas em cada fila. Há uma banda tocando músicas *country* e uma tenda com barris de cerveja. Além do fato de estar descendo de uma lata velha com meus dois filhos, me sinto jovem e leve.

– Quer uma cerveja? – Meu namorado me pergunta.

– Claro – respondo.

Meus filhos saem correndo e fico ali parada olhando para ele. Leo vai para o fim da fila da cerveja com as mãos nos bolsos do jeans, até que uma, depois duas e depois dez pessoas o notam e se viram. Com base em sua linguagem corporal, ele parece perfeitamente bem. Logo toda a fila está conversando com Leo, rindo em turnos. Uma garotinha lhe entrega uma caneta e um saco de papel, e ele o autografa. Conforme a fila anda, meu namorado parece manter a conversa acesa fazendo perguntas, assentindo. A senhora da loja cara de artigos para o lar se junta ao grupo e eles trocam algumas palavras.

Eu o imagino vindo a esse evento ano após ano, lembrando-se de nomes e fatos-chave sobre todo mundo, vendo as crianças crescerem. Leo choraria no funeral do sr. Mapleton e se lembraria de como tinha acabado de conhecê-lo depois que ele ganhou um quadril novo.

– Ela está chapada – alguém está dizendo, e eu abandono meu devaneio para ver Kate e Mickey parados ao meu lado.

– Não estou – digo. – Só estou viajando.

– E lá vem ele – Mickey fala, apontando a cabeça na direção de Leo, voltando até nós com dois copos de cerveja. – Como posso competir com isso? – Mickey é bombeiro na cidade e talvez o melhor cara que já conheci. Nem Kate nem eu sentimos necessidade de tranquilizá-lo.

– Oi, Kate. – Leo entrega minha cerveja e aperta a mão de Mickey. – Sou o Leo.

– Bom, você parece lidar com a multidão muito bem – Mickey comenta. – Se eu fosse você, talvez apenas ficasse no carro.

– Ah, foi tudo bem. Eu conhecia metade deles das compras na cidade. Nora me faz comprar um monte de coisas.

Eu lhe dou um empurrãozinho, e ele passa o braço ao meu redor. Ouço Mike dizer a Kate:

– Uau. Você não estava brincando.

– Vocês estão livres esta noite? – Leo pergunta. – Vamos fazer um churrasco e tenho certeza de que temos muita coisa. Ou eu vou no mercado? – Ele está me pedindo orientação, e fico levemente atônita ao vê-lo agir como se fôssemos um casal convidando os amigos para um churrasco.

– É uma ótima ideia – digo. – Tragam as crianças. Às cinco?

Leo fica decepcionado por eu ter comida suficiente e ele não precisar ir ao mercado. Bernadette acha que devíamos comer no gramado, em frente à casa de chá. Tento não observar enquanto ela e Leo retiram as pernas da mesa da cozinha para montá-la lá fora.

Levo Arthur à cidade para comprar fita aderente para seu taco de beisebol e, ao retornar, Leo e Bernadette estão me esperando na varanda da frente.

– Precisamos do seu carro – Bernie diz.

Em uma hora, eles voltam com uma toalha de mesa com listras amarelas e brancas, guardanapos combinando e seis fileiras de luzinhas brancas. Mal consigo ver Bernadette atrás do enorme buquê de girassóis que ela está carregando.

– Estou encarregada da decoração – ela fala para mim.

– Vocês perderam a cabeça? – pergunto quando os dois começam a trabalhar.

– Um pouco. – Leo me lança um sorriso.

Arthur e eu passamos um tempo preparando a comida enquanto eles passam mais tempo ainda montando o cenário. Leo encontrou uma escada e um barbante. Eles penduram as luzes entre as árvores em ambos os lados do gramado, formando um teto comprido e cintilante acima da mesa. Mesmo antes de o sol se pôr, é de tirar o fôlego.

O jantar termina, as crianças vão brincar de bola no jardim da frente e minha amiga e eu enchemos a taça de vinho de Mickey agressivamente. Não conversamos sobre isso, mas queremos que ele se sinta confortável e talvez se esqueça do fato de ele não acreditar que Leo realmente trabalhe para viver.

Kate está contando histórias do trabalho. Ela administra um programa de paternidade sem fins lucrativos para pessoas que vivem em comunidades carentes. O programa funciona praticamente sem orçamento, e sua grande força de vontade e seus malabarismos para fechar as contas são heroicos. Leo faz todas as perguntas certas, indicando que está ouvindo cada uma das palavras que ela diz, deixando Kate mais animada e acessível do que nunca. Esse é o superpoder de Leo, e é possível que isso esteja dando nos nervos de Mickey.

Leo e eu estamos sentados de frente para a casa de chá e a floresta além, e ele fala para ninguém em especial:

— É um lugar tão bonito aqui. É como se todo dia alguma coisa nova florescesse.

— Espere até julho, quando as hortênsias surgirem — Kate diz. — Elas vão deixá-lo louco.

A palavra "julho" paira no ar. Kate e eu nos entreolhamos, e eu viro o rosto. Mickey está encostado em sua cadeira observando Leo.

Leo não perde tempo.

— Mal posso esperar — ele responde.

Ele aperta minha mão e, nesse momento, sei que quero que Leo e aquelas hortênsias estejam no mesmo lugar ao mesmo tempo mais que qualquer outra coisa. Assusta-me o quanto eu quero que ele fique.

— Então, de onde você é? — Mickey começa seu interrogatório.

— Nova Jersey — Leo responde. — Saída 82.

Mickey ri, e não tenho certeza se isso é bom.

— E agora você mora em Los Angeles?

— E Nova York — ele fala.

— E Cap D'Antibes — digo e reviro os olhos

— É, entendo por que você passa tanto tempo em Laurel Ridge, deve ser uma pausa e tanto — diz Mickey.

— Está muito bom aqui — ele fala, colocando o braço sobre o encosto da minha cadeira.

Kate sorri para nós, e todo mundo fica em silêncio por um segundo até que Mickey diz:

— Não sei o que está acontecendo por aqui. Tipo, você vai ficar? Vai simplesmente morar aqui? Como você sabe que não vai se cansar disso tudo?

— Mickey. — Kate bate nele com o guardanapo. — Tome jeito. Não é da nossa conta.

— Nora não é da nossa conta? — Agora percebo que ele bebeu vinho demais. — Eu odiava Ben — ele conta para Leo. — Ele era arrogante e preguiçoso.

— Parece que ele também era um pai terrível — Leo diz.

— Quanto dinheiro você ganhou no ano passado? — Mickey pergunta como se não fosse nada. Kate bate nele outra vez e eu sacudo a cabeça para Leo, que não se acanha.

— Não tenho ideia, mas você provavelmente pode descobrir isso no Google.

Mickey ri e ergue a cerveja para Leo.

— Deve ser bom.

— É. Você se acostuma muito rápido a não pensar em dinheiro. Mas, como dizem, isso não traz felicidade.

— Isso me deixaria feliz — Mickey diz.

— Isso porque você já é feliz.

CAPÍTULO 12

❧

NA SEGUNDA-FEIRA, MEU CELULAR TOCA PRÓXIMO AO meio-dia. Estamos na casa de chá, e é Ben. Leo e eu olhamos fixamente para a tela por alguns segundos.

— Você quer atender? — ele pergunta.

— Você quer?

Abaixo o celular e o viro para baixo. Não vou deixar Ben entrar neste casulo de jeito nenhum.

— Quero dizer, pode ser importante. Ele não costuma ligar, não é?

Eu me viro para Leo, e o aparelho piedosamente para de tocar.

— Ele liga com alguns meses de intervalo. E diz que quer ver as crianças. Respondo "ótimo!". Então Ben diz que vai tornar a ligar mais perto do fim de semana, depois que "resolver algumas coisinhas". Aí ele nunca liga.

— Nunca?

— Nunca. Na primeira vez, eu disse às crianças que ele vinha, e elas ficaram muito empolgadas. Mas claro que Ben não apareceu, então agora não conto mais. Na possibilidade remota de ele um dia bater na porta, vai simplesmente ser uma surpresa.

O celular toca outra vez. Leo diz:

– Ben está ligando outra vez? Sério, você devia atender.

– Ele só não gosta de ser ignorado – respondo, atendendo a ligação no viva-voz.

– Oi, Ben.

– Oi. Como estão as coisas?

– Ótimas. – Sorrio para Leo, porque elas estão ótimas, aliás mais ótimas que o ótimo em minhas fantasias mais loucas, se eu tirasse um tempo para isso.

– Ótimo. E como estão as crianças?

– Bem. Quero dizer, o pai delas foi embora e nunca vem visitar. Mas, fora isso, elas estão bem.

– Você percebe que diz isso toda vez que conversamos?

– Percebo.

Ele exala de forma exasperada.

– Então, estava pensando em ir aí daqui a duas semanas. Só tenho que resolver umas coisinhas, mas tudo bem se eu for e levá-las por um fim de semana?

– Claro.

Leo revira os olhos, e eu assinto.

– Certo, obrigado. Então você está bem? Você parece um pouco distraída. Trabalhando em mais um roteiro piegas?

Sorrio para Leo.

– Estou. Esse é o melhor. O mais piegas de todos.

– Rá. Já terminou o que estava escrevendo sobre mim?

– Terminei.

Leo está arregalando os olhos.

– Hilário – Ben diz, porque na verdade ele não tem ideia do idiota que é.

Quando desligo, Leo me abraça apertado.

– Então não há chance de ele cumprir o prometido e aparecer?

– Eu cairia morta de surpresa se ele batesse na porta. Explico: Ben sempre faz o que quer fazer. Se ele quer alguma coisa, ele compra essa coisa. Se quer ir embora, ele vai. Se quisesse ver os filhos, teria vindo meses atrás.

– Só me faça um favor. Me deixe atender a porta se um dia ele bater – Leo diz.

A semana transcorre num ritmo familiar. Acordar, alvorada, crianças, corrida, casa de chá, ensaio da peça e jantar. Alguns dias, agimos como um casal normal. Vamos ao supermercado e à pequena mercearia na cidade. Leo quer ir ao Costco, mas digo que ele não ia aguentar. Vamos almoçar no bistrô e nos sentamos na mesma mesa do nosso primeiro encontro. Eu me sinto tão confortável com Leo que às vezes acho que perdi a capacidade de fazer uma pausa entre pensar algo e dizer algo.

O garçom traz minha sopa *bouillabaisse*, e eu falo:

– Você vai mesmo embora depois da noite da estreia? – Não acredito que falei isso assim que as palavras saem da minha boca. Olho para os meus mariscos e tento recuperar a tranquilidade. – Quero dizer, eu sei que esse é o plano, mas ainda é o plano?

Leo responde:

– Não tem lugar nenhum onde eu precise estar.

Alívio.

– Está certo. Bom. Quero dizer, eu não sabia se devia estar fazendo contagem regressiva ou... ah, pelo amor de Deus. – A droga da Vicky Miller entra no restaurante.

– O que foi?

– É Vicky Miller. Ela teve um caso com Ben e acha que eu não sei. O que é ridículo, porque todo mundo na cidade sabe.

– Aquele canalha – ele diz. – Que droga.

– No fundo, Ben se sentiu muito mal.

– Você ainda está defendendo o traste.

E em um instante, Vicky está ao nosso lado ostentando um grande sorriso nos lábios.

– Nora! Não acredito. Eu nunca vejo você sair!

Legal.

– Deve ser o dia da marmota – digo, fingindo espiar o mundo do meu buraco.

– Eu sou o Leo – Leo fala, mais reservado que o costume.

– Sim. Eu sou a Vicky – ela diz, como se fosse algo empolgante. – Soube que você estava fazendo um filme na cidade.

– Eu estava. Mas agora estou apenas ficando com a Nora. – Ele estende a mão sobre a mesa e pega a minha e apenas aguarda.

– Que bom – responde Vicky, a que deixou a calcinha no Audi do meu marido.

Quando saímos do restaurante, Leo tem mil perguntas.

– Então você nunca confrontou o Ben sobre isso? E você nunca a confrontou?

– Não sou muito de confrontos. Quero dizer, estava claro que ele não me amava mais, e não se pode convencer alguém a amar você outra vez.

– Você quis que ele a amasse de novo?

Por um segundo, preciso pensar na resposta.

– Acho que sim. Se ele me amasse, significaria que eu era uma boa esposa, e que eu tinha conseguido manter o nosso mundo girando de forma adequada. Eu gostava dessa ideia. Mas não liguei muito pra esse caso. Um ano depois, ele tinha mesmo ido embora, então não houve nenhum dano.

Leo me para na calçada.

— Que frieza. Não machucou um pouco?

— Bom, um pouco. Mas o que eu podia fazer? Eu estava muito sobrecarregada.

— Conta uma coisa pra mim. Se eu fizesse sexo com essa Vicky estúpida, você ia se importar? — Uma mulher desvia o carrinho de bebê de nós, mas Leo não se mexe. — Só me diga. Sei como fazer uma cena.

— Por que você está me perguntando isso?

— Estou apenas reunindo informação.

Leo está vulnerável nesse momento. Seu rosto está cheio de expectativa, e seus ombros estão posicionados como se estivesse esperando um golpe.

— Eu ia me importar muito — digo.

Então ele me beija bem ali na calçada, às duas horas, bem no meio da cidade.

Caminhamos até o carro, e ele está rindo.

— Sabia. Você está muito na minha.

Mickey começou a vir para tomar uma cerveja com Leo depois do trabalho. Aparentemente, Leo o conquistou no churrasco. Tem algo no seu jeito confortável de lidar com o sucesso que fica fácil se esquecer disso. Quando Mickey e Kate foram embora, eles estavam fazendo planos de irem pescar em agosto. *Agosto.* Então agora Mickey também está um pouco apaixonado por Leo. Eles se sentam na varanda, eu cozinho e tento não ficar escutando a conversa, até Kate me ligar e me pedir para mandá-lo para casa. Leo quer saber como fazer churrasco de costelas. Leo quer saber mais sobre painéis solares. Mickey quer saber quem de Hollywood Leo já viu pelada.

Mickey conta a Leo sobre o santuário de aves e ele fica com vontade de conhecer o lugar. Embora eu ache que seria mais fácil ir de carro, decidimos ir na corrida da manhã seguinte. Fico contente pelo caminho novo e pelas aves, e também pelo fato de Leo correr comigo agora, porque é mais uma hora que não estamos afastados.

Sem o carro, o único caminho para o santuário de aves é através da floresta, seguindo uma trilha acidentada que corre paralelamente a um riacho. As árvores de bordo têm flores verdes e peludas que pontilham o céu azul e brilhante. Tudo mudará em um mês. Penso nisso rapidamente porque estou me concentrando na trilha à minha frente, pisando estrategicamente para evitar o emaranhado de raízes acima do solo aos meus pés. Parte dessa corrida parece mais uma corrida com obstáculos que uma corrida normal. Estamos suando e rindo a cada curva, que nos apresenta mais uma bétula caída ou uma poça de lama que precisamos desviar. Leo grita por cima do ombro que sente falta do meu Subaru, e eu me sinto vingada.

Quando a floresta acaba, fico aliviada. A trilha fica mais larga, e há capim de dois metros de altura dos dois lados. Os topos emplumados se vergam com a brisa, nos conduzindo adiante. Não consigo mais ver o riacho, mas posso ouvi-lo enquanto corremos.

Perturbamos uma família de perus, e quando eles fogem, vemos que chegamos. Paramos para recuperar o fôlego. Estamos em uma campina coberta de flores silvestres amarelas e lilás com velhos carvalhos e macieiras espalhados entre elas. O riacho reapareceu e segue sinuosamente através da campina e além. Ficamos em silêncio para ouvir os pássaros cantando uns para os outros em meio às árvores. É tão ordenado que parece o ritmo de uma conversa. Nunca testemunhei nada tão bonito.

— Bom, isso é novo — eu digo.

— É — ele fala, pegando minha mão suada.

— Quero dizer, é uma bela mudança na minha velha rotina.

— Quero dizer, você é a primeira pessoa que eu amo — ele diz.

Simples assim. É uma quarta-feira, penso, mas não tenho nem certeza. Em uma campina pontilhada de árvores, cobertos de suor com pássaros gorjeando à nossa volta, Leo Vance diz que me ama. Nesse segundo, minha vida é como a casa de chá: vejo através dela que, do outro lado, há uma realidade totalmente diferente.

CAPÍTULO 13

TODOS ESTÃO ANIMADOS QUANDO ENTRAMOS NA GARAGEM depois do ensaio de quinta-feira. Estamos a uma semana da estreia e, tirando o fato de Frankie Bowfox ter pisado no vestido de Emma Schwab e tê-la feito chorar, tudo correu super bem. Leo pediu pizza, então há uma grande caixa de metal nos esperando na varanda.

— Tem um pacote aqui pra você – digo, entregando-o a Leo.

— Pra mim? – Ele leva as pizzas para dentro e joga o pacote sobre a pia.

— Você precisa abri-lo?

— Você precisa?

Ele sorri com a boca cheia de pizza.

— Mais ou menos – retruco.

Abro o envelope e retiro um roteiro. *Mega Man* é o título, e há um bilhete: ME LIGUE IMEDIATAMENTE.

Eu o ofereço a ele, que mal reage, limpando o molho de tomate de uma bochecha de Bernadette para depois esfregá-lo com muito cuidado na outra. Eles dão risada e tudo é fácil, e o futuro se desenrola à nossa frente perfeitamente.

Às vezes, me esqueço de que a vida não é um filme.

. . .

Leo passa muito tempo ao telefone na casa de chá após o jantar. As crianças fazem os deveres e depois se demoram por ali. Todos sabemos que há alguma coisa errada. Nos ocupamos com coisas para podermos ficar no térreo. Limpo a cozinha exageradamente, verifico a cafeteira duas vezes. Arthur está repassando suas falas com voz de robô. Bernadette colore a capa do seu caderno.

Leo parece outra pessoa ao entrar pela porta dos fundos. Seus sapatos estão molhados do gramado e ele não os descalça. Como se para evitar a terrível premonição que estou tendo, me concentro em seus tênis pretos com sola de borracha marrom. São os mesmos que sempre usa quando não está correndo ou usando chinelos. Gosto disso em Leo, de ele ter apenas três pares de sapatos, até onde sei. Gosto de vê-los enfiados embaixo do sofá-cama na casa de chá. Preciso que aqueles sapatos fiquem exatamente ali.

— Ei, gente. Podemos conversar um minutinho? Tenho ótimas notícias. — Ele está todo agitado, andando de um lado para o outro, se sentando e se levantando. Nos sentamos e esperamos, não consigo pensar em uma palavra para dizer. — Então, estava falando com meu agente, Jeremy. A Paramount vai fazer um filme de ação de grande orçamento chamado *Mega Man*.

— Adoro o Mega Man — Arthur diz.

Odeio o Mega Man, penso.

— Bem, quem é que não gosta? — Ele lança um olhar arregalado para Arthur. — O diretor quer que eu assuma esse papel. Tenho que fazer um teste, mas ele tem certeza de que sou a pessoa certa.

Agora tenho palavras:

— Que empolgante. Certo, gente?

Sou uma mãe novamente. Ele está de partida, e eu não sou mais alguém que faz sexo o dia inteiro. Não sou nem bonita nem atraente. Sou Nora e estou caindo morro abaixo. Leo vai para a "Ásia", o lugar mítico para onde os homens vão quando se cansam de mim. Preciso pegar meus filhos e levá-los para um lugar seguro antes que eu role para o abismo.

Bernadette fica desconfiada.

– Então o que você tem que fazer?

– O problema é que eles estão com um cronograma apertado e precisam que eu seja aprovado imediatamente. – Quase intervenho para explicar como essas coisas funcionam, mas decido não ajudar. Ele mesmo vai ter que dizer. – Vou viajar pra Los Angeles amanhã de manhã.

Então é isso. Meu coração se desintegra em meus intestinos. Respiro fundo e olho para meus lindos filhos. Não posso acreditar que fiz isso com eles. Não posso acreditar que deixei que fossem tão fundo com esse cara, e agora ele está indo embora. Estamos 0 a 2.

Arthur sacode a cabeça.

– Leo, você não pode ir. A peça é daqui a uma semana. E nós nem fizemos os ensaios gerais ainda.

Bernadette intervém.

– E eu vou ser a goleira no sábado contra as Vipers.

É impossível não notar que meus filhos não pensam em Leo como uma distração, um hóspede que está ajudando com a peça. Eles estão contando com ele.

Leo para de andar.

– Eu sei, gente, e mal posso acreditar que vou perder isso tudo. Mas volto na semana que vem pro último ensaio geral e a grande noite. A sra. Sasaki pode cuidar de tudo enquanto eu estiver fora. Na verdade, vocês já estão tão bons que nem precisam de um diretor. E, Bernie, estarei aqui quando você jogar contra Brookeville. Você vai arrasar.

Arthur fica em silêncio, como se estivesse decidindo alguma coisa. Eu me pergunto se meu filho está comparando esse momento com a partida de Ben. Meu ex disse que voltaria de um jeito vago, e nunca disse exatamente quando. É diferente, mas também há uma semelhança. Finalmente, Arthur fala:

— Ah, está bem. Boa sorte com o teste. — Ele está se esforçando para não chorar e quer sair por cima. Estende a mão para Leo: — Obrigado por toda sua ajuda.

Leo o puxa para um abraço. Bernadette joga os braços em torno dos dois. Ela está chorando. Leo interrompe os abraços e fala diretamente com eles.

— Vocês me escutem. É só uma semana. Meu trabalho é assim. Meus planos são atrapalhados.

Arthur respira fundo.

— Está bem. Uma semana.

Todos se abraçam novamente. Eu me mantenho distante, observando a cena.

— Está certo, gente, está tarde, e amanhã vai ser um dia cheio! — Abro os braços para mostrar como o dia vai ser cheio e dou um abraço apertado nas crianças. — Corram lá pra cima e escovem os dentes.

Não bebi vinho ainda, e servir-me de uma taça me daria alguma coisa para fazer com as mãos. Pego uma garrafa na geladeira e começo a abri-la. Preciso encontrar aquela coisa que corta o laminado. Acho que está na gaveta com o descascador de cenoura, mas não está. Tenho certeza de que a usei ontem, então procuro na lava-louça — Não que se lave aquele treco. A lava-louça está piedosamente limpa, então passo a esvaziá-la.

— Pare com isso — Escuto-o dizer. Ele está abrindo a garrafa e servindo uma taça. Só uma.

– Obrigada – consigo responder. Estou de costas para a pia, me agarrando à porcelana fria.

– Escute, você precisa entender o quanto isso é importante pra mim. É uma produção enorme, não é só um filminho. Acho que é a coisa normal, divertida e familiar de que eu estou precisando. Isso, na verdade, é a coisa certa a fazer.

Percebo que Leo está segurando minha mão. Acho que Ben também fez isso, mas não tenho certeza. Pensava que nós éramos simplesmente a coisa normal, divertida e familiar que ele precisava. Pensava que isso era a coisa certa. De repente, eu me dou conta de que parte do filme estamos.

– Como assim vai ser só uma semana? Você precisa rodar um filme inteiro. – Não sei o que eu estava pensando esse tempo todo. Como é que ele poder ser um astro do cinema se fica na minha casa de chá o dia inteiro?

– Vou só fazer o teste. Daí, se funcionar, vou ficar enquanto eles arranjam tudo. Aí volto pra cá até começarmos a filmar. E você pode ir comigo. Ou eu volto nas minhas folgas. Nora, tem um milhão de jeitos de fazer isso funcionar. Eu tenho um avião.

Quero me manter tranquila. Quero ser o tipo de pessoa que pode passar uma semana sem Leo. Eu costumava ser essa pessoa. Mal consigo me lembrar dela. Tento pensar em Naomi me interpretando quando Ben está indo embora.

– Está bem. Estou animada por você. A gente vai dar um jeito. Você já fez as malas? – Minha voz está estranha, mas ele está animado demais com esse filme estúpido para perceber.

– Não tem muita coisa, mas meu carro chega em vinte minutos, então devo… – Ele me toma em seus braços e me beija. É doce e triste e não consigo evitar que as lágrimas escorram pelo meu rosto.

– Ei, isso não é um adeus. Eu vou voltar. Ou você pode ir. O que você quiser. – Ele ergue meu queixo para que eu olhe para ele. – É só Los Angeles.

Não sei o que isso quer dizer. Significa que devo ficar feliz por ele não estar desaparecendo na vaga e distante Ásia?

– É só Los Angeles – repito. Gosto do som disso. E Los Angeles é um lugar de onde você pode voltar. Eu o beijo outra vez e digo: – Está bem, vá. Vou subir pra ver as crianças. Boa sorte.

Dez minutos depois, tem um carro na garagem. A porta se abre, a porta se fecha. Ele vai embora e percebo que parei de ler *Percy Jackson e o ladrão de raios* em voz alta. Bernadette e Arthur estão na minha cama, aconchegados um de cada lado.

– Tudo bem ficar triste, mãe. Eu estou triste – diz Bernadette.

Aperto seu ombrinho perfeito.

– Obrigada, Bernie. Vai ficar tudo bem. – Deixo que eles adormeçam na minha cama, porque nenhum de nós está pronto para ficar sozinho.

Quando a luz começa a preencher meu quarto, já estou acordada. Pela primeira vez em muito tempo, decido não ver o alvorecer e apenas ficar na cama com meus filhos. A parte mais complicada de ser mãe, especialmente mãe solo, é saber quando se pode desmoronar. Hoje eles vão acordar com uma sensação familiar de perda, a casca fina que se formou sobre a ferida da partida de Ben vai ser removida. Eu permiti que isso acontecesse. Arthur vai ter que ir para o ensaio e interpretar. E eu também.

Olho fixamente para o teto rachado até ter certeza de que o sol nasceu completamente. Acordo meus filhos com um abraço. Bernadette desperta imediatamente e corre para se vestir. Arthur não está se mexendo.

– Eu acho que Fagin precisa de umas panquecas – digo, beijando seus olhos.

– Com pedaços de chocolate – ele murmura.

Eu uso toda minha adrenalina para me animar e levá-los para a escola. A essa hora, Leo já deve estar no avião, mas verifico o celular à procura de uma mensagem mesmo assim. Ele estará em Los Angeles na hora que as aulas acabarem, e percebo que, depois disso, não vou mais saber onde ele está. Pego os tênis de corrida junto da porta da frente, mas sei que não posso correr. Há uma única taça de vinho sobre a bancada, e paraliso, olhando fixamente para ela. Puxo o celular e mando uma mensagem para Kate: Venha aqui.

Ela me encontra ainda parada na cozinha.

– O que aconteceu? Onde ele está?

– Ele foi embora. Los Angeles. Um grande filme. – Então, eu começo a chorar.

Kate me leva até o sofá, e fico grata por poder me entregar a esse momento. Entre soluços, dou detalhes, e ela é paciente comigo.

Quando canso de chorar, ela diz:

– Está bem. Você tem que me ouvir. Isso, na verdade, é território desconhecido. Nunca vi você chorar antes. Nem da última vez, quando seu verdadeiro marido foi embora.

Assinto.

– Aquilo foi diferente. Tipo, por que eu ia querer que ele ficasse se Ben não queria estar aqui? Mas isso... – Começo a chorar outra vez. – Eu ainda o quero aqui.

– Ele só se foi há doze horas e disse que vai voltar.

– Você acha mesmo que ele volta?

Estou limpando minhas lágrimas na manga e me agarrando às suas palavras.

– Por que ele diria isso se não estivesse falando sério? Ele vai estar de volta em uma semana, contando a partir de ontem. Isso não é nem uma semana.

– É tempo demais – digo, me encolhendo em seu colo.

É sábado, e Bernadette defende seis bolas contra as Vipers. O que é muito importante se você tem 8 anos de idade, mas, em vez de "Parabéns", tudo o que nos dizem é "Onde está Leo?". É a única coisa que as pessoas têm para me falar: "Onde está Leo?". É praticamente um cumprimento. Pronuncio as palavras "Los Angeles", "teste" e "quinta-feira" tantas vezes que se elas acabam se tornando uma canção que eu canto enquanto me movimento pela multidão. Quando finalmente estamos no carro e guardei a cadeira no porta-malas, mando o vídeo de Bernadette ganhando o jogo com uma grande defesa para Leo.

Ele responde imediatamente, e meu ritmo cardíaco se acelera: Não acredito que perdi isso. Dê um abraço nela por mim.

Eu: Ela está tão feliz

Leo: O que vão fazer agora?

Eu: Almoço rápido, lâmpadas e depois liga infantil de beisebol

Leo: Ugh. Boa sorte. Te amo.

– Onde está Leo? – nos cumprimenta o sr. Mapleton quando entramos em sua loja.

– Los Angeles, fazendo um teste – digo outra vez.

– Ele vai voltar – diz Bernadette.

– Ele falou que dia? – ele pergunta. E para de mexer na pilha de brocas sobre o balcão. Tenho toda a sua atenção.

– Quinta – respondo.

O sr. Mapleton sorri.

– Ah, então ele vai voltar. Se Leo tiver uma passagem de avião pra determinado dia, ele vai voltar. Que bom – ele diz, se tranquilizando.

Leo não compra passagens de avião, penso.

– A peça de Arthur é na sexta. Isso é mais sólido que uma passagem de avião – digo.

Estou prometendo coisas sobre as quais não tenho controle, mas consegui falar as palavras para me acalmar e impedir que o sr. Mapleton sinta pena de mim. Arthur aperta minha mão, fazendo com que eu sinta que talvez o tenha acalmado também.

Arthur, na verdade, acaba jogando muito bem. Ele faz uma tacada sem errar. Quero escrever para Leo, mas meio que é demais. Posso lhe contar quando ele falar comigo. Isso é o que uma namorada normal, não obcecada, faria. E por enquanto, isso é o que vou fingir ser. Ele está fazendo o lance dele e tem outras coisas na cabeça, então vou fingir que também tenho.

Tem alguma coisa rolando com o diretor, Leo me conta ao telefone na noite de terça-feira. Estou deitada na cama e ele está dizendo muitas palavras. Gosto de ficar só ouvindo o som da sua voz.

– Quero dizer, eu ia querer o papel mesmo sem Bohai na direção – ele fala. – Mas a chance de trabalhar com ele meio que encerrou o assunto. Se o demitirem, vai ser todo um recomeço.

– E por que o demitiriam outra vez? – Estou ficando com sono. Quero que ele continue falando.

– Se essas acusações tiverem um fundo de verdade, ele é um cretino e ninguém vai querer trabalhar com ele, inclusive eu. Era pra eu ter jantado com a produtora esta noite pra saber mais, mas ela cancelou.

– Então o que você vai fazer pra jantar?

– Comprei um frango. – Leo parece realmente satisfeito consigo mesmo. – E uma salada.

– Espere. Você está cozinhando?

– Não. Bem, eu pensei nisso. Fui no Whole Foods. Você já foi num Whole Foods?

– Já.

– É mais legal que o Stop n' Save.

– É mesmo.

– Bom, eles têm muitos frangos. Fiquei ali parado olhando pra todo aquele frango cru e meio que surtei. Duas pessoas pararam pra tirar foto de mim enquanto estudava os frangos. Achei que não ia saber sair dessa sem você, mas sabia que lá tem frango pronto? E salada?

Dou risada.

– Sim, eu sei disso. Olhe, quando você voltar, vou lhe ensinar a assar um frango.

Leo fica em silêncio por um segundo.

– Não, muito obrigado. Só quero que você asse um frango pra mim. Nunca mais quero comer um frango que não tenha sido assado por você.

Meu desejo de botar um avental e assar um frango para esse homem é poderoso. Eu nem tenho um avental. Só quero que ele esteja perto de mim o bastante para eu poder lhe passar um prato com frango.

– Está bem – digo. – Que esta seja a última noite de frangos que não são de Nora que você vai comer.

Mal posso esperar para falar com ele na quarta-feira, porque poderei dizer "Até amanhã!". Bernadette e Arthur estão inusitadamente animados no jantar pelo mesmo motivo. Eles escovam os dentes e trazem suas coisas para o meu banheiro, já se antecipando para a chegada de Leo.

Por volta das nove horas, recebo uma mensagem dele: A merda está atingindo o ventilador. Dê um Google em "Bohai" e você vai ver. O estúdio o demitiu e preciso me encontrar com o novo diretor esta noite. A chance de eu não conseguir estar aí até sexta é grande. Escrevo pra você depois do jantar? Ou devo deixar você dormir?

Respondo: Tudo bem, me escreva.

Quero lhe dizer que não tem problema me acordar, porque prefiro falar com ele do que dormir. Não quero lhe dizer que não tem problema não chegar até sexta-feira. Acordo com o nascer do sol e duas mensagens de Leo, enviadas às duas da madrugada, que não me acordaram.

Leo: Tarde demais pra ligar?

Dez minutos depois: Que bom que você está conseguindo dormir. Esta noite foi intensa, na verdade gosto do cara novo, mas vai haver muitas mudanças. Não tenho como chegar antes de sexta. Desculpe. Amo você.

Então não é hoje. Vou esperar mais um dia. Qual é o problema? Conto às crianças no café da manhã.

— Leo me mandou uma mensagem no meio da noite. Tiveram que contratar um diretor novo, então ele não vai chegar antes da sexta.

— Recebi a mesma mensagem — Arthur me conta, olhando para seus ovos.

— Viu? —Bernadette diz. — É por isso que eu preciso de um celular. Não é justo que Leo escreva pra vocês e não pra mim. Sou totalmente excluída dessa família.

Essa última palavra me faz pensar.

– Você tem 8 anos – digo. – Se eu comprasse um celular pra uma menina de 8 anos pra que ela possa trocar mensagens com um astro do cinema, tenho certeza de que me expulsariam de Laurel Ridge.

Sorrio para ela e recebo um olhar irritado em resposta.

– Acha que ele vem na sexta? – Arthur pergunta. Dá para ver que ele está nervoso.

– É claro. É o dia da peça. Leo está vivendo por isso. – Minha voz ficou aguda, como se eu estivesse tentando vender alguma coisa.

Arthur me dá um sorriso aflito. A verdade é que não posso fazer promessas sobre uma peça escolar em nome de um homem que está trabalhando num filme com orçamento de 250 milhões de dólares. Leo retornou para algo maior que nós. Perdi a oportunidade de administrar as expectativas de Arthur, principalmente porque não quero encarar a possibilidade de Leo partir o nosso coração.

Na quinta-feira, fico sem notícias de Leo o dia inteiro. Presumo que o que quer que o esteja prendendo em Los Angeles o mantém ocupado. Ele está trabalhando com o novo diretor. Lembro-me de que tinha comentado que precisava tirar as medidas para o novo figurino. Sei que Leo está ocupado, mas quando ele não liga na hora do jantar para dizer duas palavrinhas, "Até amanhã!", eu me sinto meio mal. Meu coração egoísta precisa dele de volta. Mais do que isso: não consigo suportar a ideia de ele decepcionar o Arthur.

Acordo de manhã e vejo que ele mandou uma mensagem durante a noite: Mil desculpas, mas não tenho como ir embora. Se eu sair, o projeto inteiro vai desmoronar. Não tenho certeza de quando vou poder voltar. Eu ligo quando puder.

É como se eu tivesse levado um soco no estômago. Além da dor, vem também uma sensação avassaladora de que eu não devia ter deixado que me socassem no estômago. Baixei a guarda do jeito mais épico. Arthur vai ficar devastado. Honestamente, toda a cidade vai. A ideia de entrar no auditório diante de um coro repetindo "Onde está Leo?" me dá vontade de gritar.

Arthur me encontra na varanda com meu café.

– Também recebi a mensagem – ele diz. – Isso é uma droga.

– É mesmo – falo, passando o braço ao seu redor. – É mesmo uma droga. Mas você vai mandar muito bem esta noite, e toda a cidade vem pra aplaudi-lo.

– A gente não precisa dele. – Ele me lança um olhar duro, estudando meu rosto. – Você está bem?

– Claro – digo, e nós dois sabemos que estou mentindo.

– Pelos seus olhos, parece que você chorou – ele observa.

– Alergias – respondo.

Ele chega mais perto e toma minha mão na sua.

– Por favor, fique bem, mãe.

E eu sei o que ele quer dizer. Sou tudo o que Arthur tem.

Faltam trinta minutos para as cortinas se abrirem e estou examinando a multidão, porque, no fundo, ainda sou uma escritora de histórias românticas. Conheço esta cena, eu a escrevi 34 vezes. O intervalo comercial acabou. Este é o evento da comunidade, e logo que ele começa, com a heroína tendo seguido adiante e encontrado um jeito de se virar sozinha, o cara aparece como que por mágica. Ele teve uma epifania e esta é a vida que deseja. Beijo casto e corte para mostrar a feira da cidade, a inauguração da cozinha para pessoas carentes, a apresentação de balé. Peça do quinto ano.

Kate está me cobrindo nos bastidores para que Bernadette e eu possamos nos sentar na terceira fila para assistir. A sra. Sasaki parece empolgada por levar o crédito pela estreia de Leo na direção. Oliver é bom. Fagin é ótimo. Fico grata pelo escuro quando ele canta "Pode ir, mas volte logo..." porque há lágrimas. Bernadette segura minha mão.

No fim, a plateia aplaude de pé. Arthur saca um sorriso de seu interior, um sorriso que me diz que ele sabe quem é e sabe que pode fazer coisas. A verdade básica da maternidade toma meu coração: se seus filhos estão bem, você, na verdade, não tem problemas. Quero saborear isso. Vou continuar apertando a mão de Bernadette.

É sexta-feira à noite, então não temos lição de casa nem pressa nenhuma para ir para a cama. Está frio o bastante para acender o fogo, e nos esprememos no sofá do solário. Faz um tempo que não ficamos aqui, porque não havia espaço para Leo. Agora que ele se foi e tudo parece um tanto vazio, gravitamos para o pequeno espaço. Conversamos sobre a peça e concluímos que Fagin roubou a cena, como se não fôssemos tendenciosos. Eles estão tão hesitantes comigo que percebo que tenho que falar alguma coisa sobre Leo para quebrar a tensão.

– Aposto que Leo sente muito por ter perdido esta noite. Ele trabalhou quase tão duro quanto você.

É uma abertura.

– Tenho certeza de que ele está bem – Arthur diz. – Ele pode comprar o DVD.

Isso pode levar um tempo.

Quando vou para a cama, ouço uma notificação no celular. Leo: Como foi?

Eu: Ele foi fantástico, roubou a cena. Como estão as coisas aí?

Leo: Um caos, mas estamos fazendo progresso. Acho que vai ser um bom filme.

Minto: Que ótimo! Estou muito feliz por você!

Leo: Obrigado. Tenho que jantar. Mas eu amo você e estou com saudade.

Eu: Também o amo.

Sou tomada pelo alívio. Ele vai voltar, ele me ama. Não preciso agir como um bebê.

– Meu namorado está viajando a trabalho – digo em voz alta.

E gosto do som dessa frase. Quero dizer, vivi com um homem que passou uma década se recusando a trabalhar, e agora estou reclamando porque o cara novo trabalha demais? O que é isso? O trabalho de Leo é uma parte enorme de quem ele é, e isso vai ser parte do nosso relacionamento. Decido que "relacionamento" é uma boa palavra e caio no sono.

Não tenho notícias dele o sábado todo. Nenhum telefonema e nenhuma mensagem. Tranquilizo-me relendo a mensagem. Ele me ama, está com saudade. Não tenho notícias dele no domingo. É fim de semana, digo a mim mesma. Talvez as pessoas em Los Angeles trabalhem aos fins de semana. E eu também posso escrever para ele.

Eu: Oi

Nenhuma resposta. Olho fixamente para o celular, tentando imaginar as razões para Leo não responder. Bom, talvez eles já tenham começado a filmar e ele esteja no *set*. Talvez meu namorado tenha saído para um *brunch* com seu agente. Talvez ele esteja nadando em sua piscina gigante. Respiro fundo e me lembro de que não estou mais no ensino fundamental.

CAPÍTULO 14

A SEGUNDA-FEIRA, SAIO PARA CORRER SEM O CELULAR, certa de que, se o deixar na cozinha, vou voltar e encontrar diversas ligações de Leo. Aquela história de que panela vigiada não ferve. Termino a corrida em tempo recorde e fico surpresa, talvez até atônita, por não ter perdido nada.

De noite, a sensação de ter um telefone mudo na mão é torturante. Meu novo plano é deixar o celular no solário para poder estar com meus filhos para o dever de casa, o jantar, a *Roda da fortuna*. Ao mudar o foco da minha atenção, vou enganar o celular e ele vai tocar.

Eu o verifico antes de levar as crianças para o andar de cima. Nada. Deixo o aparelho de castigo no solário enquanto lemos. Ele retribui não tocando. Eu o levo comigo para a varanda para assistir ao negrume da noite, e me sinto extremamente impotente, como se a totalidade da minha vida estivesse nas mãos de outra pessoa. Não sei onde perdi meu poder. Leo queria ficar. Ele me beijou. E disse que me amava. Como de repente sou Elizabeth Bennet, andando pelas charnecas com esperança de que o sr. Darcy apareça?

Esse último pensamento me irrita tanto que meus dedos digitam o número de Leo. Minha garganta está apertada quando a ligação é completada e ouço o primeiro toque. Ele vai dizer "oi" e explicar onde esteve. Vou agir com tranquilidade. Segundo toque, terceiro toque. Fico arrasada quando a ligação cai na caixa postal. Escuto a mensagem até o fim só para ouvir sua voz, então desligo.

Leo vai ver que eu liguei e vai me ligar de volta quando estiver livre. Vou para a cama com o telefone no volume máximo para não perder isso.

Na terça-feira, escrevo para Kate para lhe contar que ele não vai voltar. Em dez minutos, ela está na minha porta.

Não estou chorando quando abro.

— Vamos deixar de lado as baboseiras de sempre de que talvez ele tenha perdido o celular ou esteja preso embaixo de um ônibus. Não é normal uma pessoa que passa três horas por noite me mandando mensagem depois de ter passado o dia todo comigo simplesmente parar do nada. A menos que tenha decidido isso. E se Leo estivesse morto, já seria notícia.

— Terminou?

Ela passa por mim e coloca uma caixa de *cookies* sobre a bancada.

— Provavelmente não. — Sirvo café para nós duas e pego um *cookie*. — Só preciso que você seja sensata e honesta. Sinto que, neste momento, não consigo confiar na minha própria mente. "Amo você, estou com saudade" e *puf*, some? Pelo menos Ben foi honesto o bastante para me contar.

— Está bem, então agora seu ex-marido virou um modelo de comportamento masculino?

Estamos sentadas à bancada da cozinha, lado a lado, com as canecas na mão.

— Diga o que devo pensar — peço.

— Concordo que é estranho. Eu ficaria menos surpresa se a coisa tivesse diminuído aos poucos. Cada vez menos mensagens e textos mais curtos. "Eu te amo" que se transforma em "Amo" que se transforma em "A". Esse tipo de coisa.

— É exatamente isso o que achei que fosse acontecer. Algo lento. Não um sumiço completo, um apagamento. E ele está na droga de Los Angeles, onde as mulheres têm bronzeados e luzes naturais. Com isso o dia todo, fica difícil lembrar por que você estava apaixonado por uma mulher de cabelo indomável e blusas folgadas.

— Estava querendo falar com você sobre isso — ela brinca.

Um carro para e meu coração quase sai pela boca. Ele mudou de ideia. Veio responder minha mensagem pessoalmente para me dizer que vai ficar e dirigir o teatro infantil em tempo integral.

— Vá ver o que é — peço com a cabeça entre as mãos.

É um entregador, e Kate recebe o envelope em meu nome. É grosso demais para ser uma carta de amor, e me odeio por viver em um de meus próprios roteiros. Ninguém escreve cartas de amor para serem entregues em mãos. Abro-o e encontro uma pilha de notas de cem dólares e um bilhete de Weezie: *Ei, Nora, Leo disse que lhe deve o aluguel atrasado. Obrigada de novo por cuidar dele. Ele está torcendo para que dê certo aqui em Los Angeles! Weezie.*

Conto 21 mil dólares.

— Ah, meu Deus, estou sendo paga.

Começo a chorar, mas fico com tanta raiva que minhas lágrimas secam. Explico a Kate que tínhamos combinado sete mil dólares por sete dias. Mas, quando Leo decidiu ficar e ajudar Arthur, não tinha intenção de cobrá-lo. Eu estava dormindo com ele, pelo amor de Deus. Como foi que as coisas se transformaram nisso?

Pego o celular, e Kate me detém.

— Espere. Vamos ensaiar antes que você desande a falar.

– Só estou escrevendo uma mensagem pra Weezie – digo. Mas meu coração está batendo tão rápido que não consigo digitar. – Faça isso você. – Entrego-lhe meu telefone e recito: "Oi, Weezie! Espero que esteja bem! Obrigada pelo dinheiro, mas é demais. Eu só estava cobrando pelos primeiros sete dias, então vou devolver o resto. Por favor, me mande o endereço. Obrigada!".

Kate me mostra o texto para que eu o revise.

– Tem pontos de exclamação demais. Pareço uma louca.

Ela apaga um, depois dois, e quando finalmente acreditamos ter acertado o tom, ela o envia.

Weezie responde imediatamente: Ah, eita. Devo ter entendido mal a mensagem dele. Está bem, obrigada! Estou ficando na casa dele por não sei quanto tempo.

Em seguida, ela envia o endereço dele, uma cobertura na rua 65.

– Você fez bem. Ela empatou com você em pontos de exclamação. Agora precisamos botar sua cabeça no lugar.

Kate insiste para que eu tome um banho e vai inspecionar a casa de chá. Ela volta com duas taças de vinho vazias e toda a roupa de cama. Desço enxugando o cabelo com a toalha e a encontro acariciando os lençóis.

– O que eu faço com isso? Tem alguma chance de eu ficar com eles?

– Pode levar direto pro seu carro.

Certa vez, quando eu estava no ensino médio, meu namorado me largou. Eu e minha melhor amiga, Ellen, comemos sorvete até passar mal. Transei com um cara no primeiro ano da faculdade, e como ele nunca me ligou, minha colega de quarto e eu nos embebedamos. Agora, ao olhar para Kate, não consigo pensar em nenhum passatempo autodestrutivo que possa fazer eu me sentir melhor. Tenho consciência de que vou precisar de todas as minhas forças para lidar com isso.

– O que você vai falar pras crianças?

– Elas sabem.

Quando digo isso, percebo que é verdade. Elas não mencionam seu nome há dias. E são cuidadosas perto de mim, super preocupadas. Não era eu que devia protegê-las de outro coração partido?

– Talvez elas tenham apenas adivinhado. É tipo Ben outra vez.

Na manhã de quarta-feira, deixo as crianças na escola, me obrigo a correr, e então de alguma forma me encontro no carro seguindo para o sul na I-95 em direção a Nova York. Minha intenção é benigna: preciso devolver o dinheiro que não me pertence. E ao devolver o dinheiro, vou movimentar uma cadeia de eventos em que Weezie, sua representante, vai ter que lhe informar que o dinheiro foi devolvido, disparando a minha lembrança na mente de Leo. Ele não vai ter escolha além de parar o que está fazendo para me ligar. *Nora*, ele vai dizer, *sinto muito a sua falta, e devolver esse dinheiro me mostra a pessoa boa e verdadeira que você é. Vou pegar o próximo voo...*

Ah, acho que fiquei completamente louca. A segunda razão para eu querer entregar esse dinheiro é que definitivamente preciso de uma mudança de cenário. E por "mudança de cenário" quero dizer que preciso ver onde ele mora. Digo a mim mesma que isso vai ajudar de algum modo, ver como é sua vida na cidade para que eu possa liberá-lo. Sim, é uma ótima ideia.

Eu saio da rodovia na rua 63 e sigo para oeste. Encontro um estacionamento na 65 com a Lexington Avenue e decido parar ali, para poder chegar a pé. Conforme caminho, as ruas vão ficando menos congestionadas, embora sempre pareça que é o dia do lixo em Manhattan. Atravesso a Park Avenue e olho de um lado para outro no canteiro central. Plantaram tulipas vermelhas e amarelas, e paro para tirar uma foto.

Mulheres passam por mim em saltos nos quais eu nunca

conseguiria ficar em pé. Olho para a minha blusa, meu jeans e minhas sandálias simples e penso: *Quando foi que me transformei em Carole King?* O apartamento dele fica entre a Madison e a Quinta Avenida. As residências dos dois lados da rua são construções elegantes de tijolos e pedra calcária, e tenho a sensação momentânea de que estou invadindo seu espaço. Seu prédio é do período pré-guerra, tem um porteiro e fica no meio da quadra. Eu me demoro e me pergunto, não pela primeira vez, como fui parar ali.

Entro no prédio através da porta estreita e dourada e o porteiro se levanta para me cumprimentar.

— Posso ajudá-la, senhora?

— Pode. Tenho uma coisa para Leo Vance. — Indico o envelope, mas não o ofereço. Percebo que não estou pronta para ir embora. — Weezie está aqui?

— Acredito que sim. A senhora pode me dizer seu nome?

— Nora. Nora Hamilton. — Ele disca o interfone, e sou tomada pelo arrependimento. Não tenho nada para dizer a Weezie, e não há razão para que ela saiba que dirigi noventa minutos só para ver o apartamento de Leo.

— Ela disse para você subir. Aperte "Co" no elevador à esquerda.

Fico grata por não ser um daqueles elevadores em que o porteiro tem que subir com você para operar a coisa. Aperto o botão e aproveito a parede espelhada e a subida longa para verificar meus dentes e minha aparência geral. Os dentes estão bons, mas perdi peso em apenas três dias e pareço cansada.

O elevador se abre para um pequeno saguão com uma mesa de mármore e um porta guarda-chuvas. Há apenas uma porta, que já está aberta.

— Nora! Que legal! O que está fazendo aqui? — Weezie está de pijama e com um *bagel* na mão. — Entre. Entre.

– Desculpe por aparecer assim, mas eu tinha um compromisso na cidade e pensei em devolver o dinheiro pessoalmente.

Tudo é mármore e creme. Sofás e poltronas estão arrumados para que as conversas não durem mais que vinte minutos. Não há onde se aconchegar. Examino o espaço em busca de uma fotografia pessoal. Esse lugar não pertence a ninguém.

– Que tipo de compromisso? – ela pergunta.

– Cabelo – digo rápido demais, e agora ela está olhando para o meu cabelo, que evidentemente não acabou de sair do salão. – Quero dizer, eu ainda vou pro compromisso. Tenho que dar um jeito nesse cabelo, certo?

– Você está ótima. Meio Carole King. – Ah, meu Deus. – Deve ser bom ter sua casa de volta, especialmente depois de receber um hóspede surpresa. – Weezie revira os olhos e gesticula para que eu a acompanhe até a cozinha.

– Café?

– Claro – digo, porque quero ver as canecas. Ela me entrega uma caneca branca saída direto de um restaurante de hotel. – Este lugar é muito frio. Leo passa muito tempo aqui?

– Rá. Ele também odeia. A decoradora de Naomi fez tudo enquanto eles estavam em Saint Bart em janeiro. Ele disse "Surpreenda-me!", e ela surpreendeu mesmo. Naomi adorou, mas Leo não parava de dizer que não sabia onde se sentar. Ainda não sabe.

– Não entendo – é tudo o que consigo dizer.

– Ele só não cresceu assim, ele é do tipo que curte coisas um pouco mais caseiras.

– Não, estou falando de Naomi. Por que eles viajaram juntos? Estavam filmando?

– Não, estavam loucamente apaixonados. Esse é o Leo. Ele se apaixona com força, depois desapaixona na mesma velocidade.

Naomi, na verdade, foi uma exceção, pois ela o largou. Ele deve ter lhe contado. Terceiro dia de filmagem de *A casa de chá*.

– Entendo – digo, porque entendo. Entendo mesmo. – Isso explica por que ele passou o resto das filmagens bêbado e derrubado. – Dou um risinho para mostrar que acho esse tipo de comportamento juvenil divertido.

– Bem, Leo deve muito a você. Parece que o período tranquilo no interior botou a cabeça dele no lugar, e agora ele está estrelando o filme com maior orçamento de sua vida.

– Ainda está de pé?

– Está, eu devia ter dito. Eles começam a filmar em duas semanas.

Preciso sair dessa cozinha. Viro meu café, que queima minha garganta, e digo:

– Bem, boa sorte pra vocês. Preciso cuidar desse cabelo, pra ficar um pouco menos Carole King e um pouco mais Naomi Sanchez, sabe. – Estou falando rápido demais e sendo superficial demais. Pego a bolsa e dou um rápido abraço nela. – Se cuide.

– Ah, não – Weezie diz, e eu paro. – Está apaixonada por ele.

Sou uma mentirosa muito boa. Consigo sobreviver a muitas situações sociais desconfortáveis. Droga, minha irmã é uma *socialite* de Nova York. Já menti em jantares com seus amigos em que só reclamavam que suas babás exigiam receber nos feriados. Mas, nesse momento, não consigo dizer "Ah, não seja ridícula". Estou sensível demais, e o desejo de desabafar com alguém que pode ter alguma resposta é irresistível.

– Estou.

– Ah, não – ela fala outra vez. – Vocês...?

– Sim. E ele disse que me ama umas mil vezes. Posso provar – digo, erguendo o celular. – Ele não podia passar duas horas sem me ver, sem me tocar, sem me mandar mensagem mesmo estando a cem metros de distância. E não tenho notícias dele desde sexta.

Weezie parece decepcionada.

– Sinto muito. Esse não é seu *modus operandi* habitual, pelo menos até onde eu sei. Nenhuma delas me falou que ele se declarou assim. Nenhuma delas.

– Então ele não está na cadeia nem perdeu o celular nem está no hospital com amnésia – digo.

– Não. Deve ter algo muito estranho rolando se ele está fazendo *ghosting* com você.

Abraço Weezie porque estou tremendamente grata por ela estar sendo honesta comigo. A última coisa que preciso é de alguém me alimentando com falsas esperanças através de um tubo de morfina na veia. Tenho que encarar os fatos e seguir em frente.

O elevador está me esperando, graças a Deus. Melhor ainda, tenho óculos escuros na bolsa. Sorrio para o porteiro e saio sob o sol do meio-dia. Sou uma tola. Está tudo tão claro agora que não sei como distorci minha mente para evitar a verdade. Eu devia estar tendo um surto psicótico pós-divórcio. Deixei me levar por uma das minhas histórias fantasiosas e idiotas.

Fato: Leo estava dormindo com Naomi Sanchez. Homens que dormem com mulheres como Naomi Sanchez não se apaixonam por mulheres como eu. Sou apenas uma mulher com uma casa acolhedora e aconchegante. Fui um lugar onde o cara passou um tempo em recuperação. Leo teve quatro dias para me ligar, e não ligou. Ele usou dinheiro para aplacar sua culpa. Fui um lugar de descanso para ele estar no estado mental certo para então se erguer e emplacar o maior filme de sua carreira. De repente, me arrependo de ter devolvido o dinheiro.

CAPÍTULO 15

PASSO A SEMANA TENTANDO RETOMAR MINHA CASA. Começo com o nascer do sol, que tento aproveitar, mas basicamente só choro. Coloco lençóis verde-claro na casa de chá e me obrigo a sentar à mesa uma hora por dia. Não escrevo. Como deixei esse homem passar três semanas aqui e roubar meu coração, minha casa e minha carreira?

Às vezes, não consigo respirar. É como se entrasse num espaço que compartilhamos no passado e o som de sua voz me prendesse. Posso ouvir sua voz dizendo algo que não deve ser verdade. Decido só ficar ali parada, sentindo a dor. Minha mente persegue o próprio rabo – ele disse que me amava e que voltaria e nunca mais ligou e mandou outra pessoa me enviar o dinheiro, mas Leo disse que me amava e que ia voltar.

Buscar as crianças na escola é uma morte lenta, trinta minutos de cada vez. Tento chegar um pouco atrasada para não ter que dizer coisas do tipo: É, é empolgante isso do filme. Não, não tive notícias dele. Estou bem, sério.

Kate me leva de um lado para outro como se fosse minha responsável, se colocando entre mim e qualquer comentário especialmente ofensivo. Estou sensível e exposta. Agora entendo o que significa isso: é como se eu não tivesse pele. Nunca devia ter saído com ele em público. Eu devia ter guardado as coisas só para mim. Não precisava beijá-lo às duas da tarde no meio da cidade.

As pessoas se sentiram mal por mim quando Ben foi embora, mas, na verdade, ninguém gostava dele. E ninguém achava que eu era feliz. Ao me verem com Leo, provavelmente sorrindo feito uma menina apaixonada, eles já esperavam por isso. *Leo Vance não vai ficar em Laurel Ridge com aquela mulher para sempre. Ela está preparando a própria queda.* Real ou imaginado, *A gente sabia!* é o que vejo em seus rostos. Todo mundo menos eu esperava por isso.

Não sei onde Kate está quando me encontro diante do rosto amuado de Vicky Miller. Tenho que dar crédito a Ben, ela é mesmo uma mulher muito atraente. Loura, em forma e bem-cuidada.

– Fiquei sabendo – ela diz.

– Ah – falo, olhando além dela à procura de uma saída.

Essa mulherzinha está se aproximando de mim e, para o meu horror, seus braços estão se estendendo para me envolver em um abraço. É insuportável.

– Espere. Você não vai tocar em mim, vai?

– É claro. Quero lhe dar um abraço. Me sinto péssima.

– Porque você dormiu com o meu marido? Ou por causa de Leo?

Estou com os nervos à flor da pele. Não me importa que quem esteja no parquinho ouça. Não me importa que eu pareça um pouco louca. Tudo o que sei é que se essa mulher me tocar com sua autopiedade, vou morrer.

– Nora… – Vicky diz do jeito mais enlouquecedor, um primo de "Calma".

Kate surge de onde quer que estivesse fazendo corpo mole e trança seu braço no meu para me arrastar dali.

– Ela sabe – Kate fala para Vicky, olhando para trás. – Todo mundo sabe, e achamos que você é nojenta. Écati.

Sorrio enquanto ela me leva para a outra extremidade do asfalto.

– Écati? – digo. – Linguajar de criança que come meleca.

– Dá um desconto. Sou nova nisso.

– Você é uma boa pessoa.

– Preciso falar uma coisa pra você. – Ela está nervosa.

– Você está grávida – digo.

– Não. Também fui paga. Por Leo.

Está muito quente ali no asfalto e estou me sentindo zonza.

– Do que você está falando?

– Recebi hoje um cheque de cem mil dólares para a Ready Set do fundo de caridade de Leo Vance. – Ela me dá um segundo para processar. – Sei que ele é o demônio e que usa seu dinheiro pra aliviar a culpa de ser um cretino completo, mas esse dinheiro pode me ajudar a dobrar o alcance do programa nos próximos dois anos. Tipo, essa grana pode mudar tudo.

– O que há de errado com ele? – digo, repetindo minha pergunta retórica favorita.

– Então você quer que eu devolva? – Kate parece prestes a implorar.

– Desculpe. Não, claro que não. Fique com o dinheiro, isso é incrível. Só não sei como um cara que tem tempo pra ligar pro seu fundo de caridade pra autorizar uma doação não tem tempo pra responder minha mensagem e dizer: "Ei, desculpa, estou fora".

– Pelo menos se sente culpado, pelo menos ele sabe que é um imbecil – ela diz.

– Sei lá, eu achei que não tinha como me sentir pior. Mas Leo com pena de mim é tipo pior que péssimo.

As aulas terminam em junho e resolvo passar duas semanas com as crianças na casa dos meus pais nas Adirondacks. Quando eles se mudaram de Chesterville e meu pai vendeu sua empresa de limpeza de piscinas, ele insistiu que queria curtir a aposentadoria em um lago. Ter toda aquela água para nadar, contava para qualquer um disposto a ouvi-lo, sem precisar de ninguém para limpar.

Paguei a hipoteca deste mês, os impostos, os cartões de crédito e ainda tenho US$ 8.329 no banco. Não estou pronta para voltar à casa de chá para escrever. Talvez consiga escrever alguma coisa em algum outro lugar. Também espero conseguir desmoronar um pouco, com meus pais distraindo meus filhos.

Eles fazem tudo parecer fácil. Minha mãe me contou uma vez:

— O segredo de um casamento feliz é você dar pra ele 110% e ele lhe dar 110%.

Apesar da impossibilidade matemática enlouquecedora dessa frase, sempre gostei de como ela soava. Meus pais são tipo um casal de corvos de desenho animado, sempre se oferecendo um para o outro. Eles foram namorados no ensino médio, mamãe trabalhou como babá enquanto ele começava seu negócio de limpeza de piscinas. Tudo que tem, papai atribui a ela. E vice-versa.

É possível que o que me faz escrever filmes românticos com tanta facilidade seja ter crescido vendo a fantasia desse casamento. Meus pais fazem com que eu acredite que algumas pessoas são realmente feitas uma para a outra e que um casamento alegre e fácil é possível. Que duas pessoas que se amam e olham para a mesma direção podem construir uma vida maravilhosa. Eu me peguei usando gestos e peculiaridades deles nos filmes, e me pergunto se eles são o casal modelo que estou sempre alterando.

Os enérgicos Penny e Rick têm sua própria versão dessa parceria, embora nunca tenha testemunhado alegria nela. Os dois dão 110%

e estão focados nas mesmas coisas. Eles só não parecem assim tão focados um no outro. Já eu acertei metade do casamento. Dava 110% e Ben não dava nada, nos deixando com uma média de apenas 55%, o que é um fracasso, na opinião de praticamente qualquer um.

Na cabana, meu pai sai com meus filhos de barco toda manhã para esquiar e escorregar em tobogãs. Arthur não sai da cola do avô, como se achasse que ele é o último homem no mundo. O que pode ser verdade.

Às tardes, jogamos cartas, cochilamos e falamos sobre o jantar. Faço caminhadas e choro, mas estou um pouco menos à flor da pele. Na verdade, essa é uma zona livre de Leo. Ninguém o menciona e eu não tenho que andar pela sala onde ele me beijou pela primeira vez. Não tenho que ver a pena nos olhos do sr. Mapleton toda vez que preciso de saquinhos para o aspirador.

Nem ver a fúria nos olhos de Mickey. Ele levou essa coisa toda para o pessoal, como se também tivesse sido seduzido por Leo e depois sido abandonado.

– Ele disse que ia ficar – ele fala, incrédulo. – Ele ia comprar o Big Green Egg e nós íamos preparar costelas.

Essas costelas seriam do Mickey para sempre. Eu entendo totalmente. Fomos todos enganados.

Minha mãe e eu estamos na cozinha lavando os pratos do jantar enquanto meu pai e as crianças levam seus empanturramentos para a sala de TV.

– Você está terrivelmente magra – ela começa.

– Estou?

– Não é uma magreza feliz. O que está acontecendo?

– Nada. A mesma coisa. Talvez eu esteja correndo demais.

– Nenhuma notícia de Ben?

– Ele não vai voltar, mãe.

– Que imbecil – ela diz, e nós duas rimos. Minha mãe guarda seus palavrões para ocasiões especiais.

– Não sinto falta dele – comento. – Na verdade, estou muito mais feliz sem ele.

– Que bom. E toda aquela empolgação com o filme e com aquele astro do cinema na sua casa, deve ter sido um verdadeiro estimulante.

– É, foi legal.

– Mãe! É o Leo! – Bernadette grita da sala de TV, e deixo cair o copo que estou secando.

Minha mãe e eu corremos até lá e Leo está no TMZ, saindo de uma casa noturna com Naomi, com o braço sobre seus ombros. Não consigo afastar os olhos, mas posso sentir minha mãe me observando.

– Ah, querida – ela diz.

No dia seguinte, mamãe quer ir caminhar.

– Me conte – ela pede antes mesmo de sairmos da propriedade.

– Versão longa ou versão curta?

– Tenho todo o tempo do mundo.

– Acho que só tenho energia pra versão curta. Tivemos um grande romance, tipo muito grande. Leo foi chamado pra fazer um filme e não tive notícias dele desde então. E claramente ele não está morto.

– Parece algum tipo de fantasia, algo que Penny teria inventado.

– Se você está dizendo que isso não parece eu, não podia concordar mais. É como se tivesse sofrido de insanidade temporária.

– Às vezes, o amor é isso – ela diz.

Penny chega no dia seguinte com a família, e enquanto os vejo descer de seu Mercedes G-Wagon quadrado, dois adultos seguidos por duas crianças iguais, outro quadrado, tomo consciência de que minha família é um triângulo.

Meus filhos aparecem do nada e se jogam sobre os gêmeos. Ethan e Maxwell têm 9 anos e se encaixam perfeitamente entre Arthur e Bernadette. Sempre que está com os primos, Arthur se comporta quase como um homem. Ele cria brincadeiras para demonstrar sua força, e desconfio que seja porque são as únicas crianças menos atléticas que ele. Como resultado, Penny acha que Arthur é meio bruto, o que me faz rir.

— Oi, Pen. Oi, Rick — digo, abraçando os dois.

Penny me abraça alguns instantes a mais para transmitir seu amor, apoio e simpatia pela minha vida patética. Fico grata por receber sua afeição sem ter que ouvir as palavras. Rick aponta para seus AirPods, indicando que está em uma ligação. E quase sempre ele está em uma ligação.

— Você está magra — Penny diz, passando o braço ao meu redor e me levando para longe de Rick.

— Já me disseram isso.

— Ainda nenhuma notícia?

— Nenhuma — digo.

— Se quiser, pode se abrir. Eu o odeio o bastante por nós duas.

Penny é forte, e toda minha vida adorei tê-la ao meu lado. Quero pegar seu ódio e injetá-lo em meu coração. Raiva seria melhor do que o que estou sentindo.

As crianças vão dormir no sótão, e saem correndo lá para cima para negociar as camas. Pego umas cervejas, nos instalamos no deque e ficamos vendo os barcos passarem. Apenas dois anos atrás, nessa mesma época, Ben estava conosco. Minha família também era um quadrado. Ele era levemente hostil com Rick o tempo todo, por nenhuma razão que eu percebesse, exceto pelo fato de que meu cunhado é rico e pagava a conta quando saíamos para jantar. Isso, na verdade, é minha coisa favorita em Rick.

O entusiasmo inicial de Penny por Ben e sua família desapareceu quando ela o conheceu. Meu ex nunca evitou diminuir meu trabalho na frente das outras pessoas, era quase como se ele quisesse chegar a um consenso sobre o quanto o que eu fazia era inútil. Ela e Rick ficaram empolgados ao ouvir seus primeiros projetos, até que a empolgação arrefeceu ao longo do tempo. Na última vez que jantamos juntos, Ben falou muito sobre um aplicativo que ia desenvolver com um chinês que conheceu na internet.

– Você tem muita sorte por ter a Nora – Rick disse, assinando o cheque da conta.

Além desse momento, eu nunca gostei muito do Rick, ou, mais precisamente, nunca fui capaz de ver sua humanidade. Tipo, ele é formal com os filhos, educado com meus pais e comigo. Ele trata Penny como uma sócia nos negócios, como se fossem membros do conselho de unidade familiar. Apesar de essa parte de seu casamento não ser exatamente excitante para a escritora romântica aqui, sei que, no âmago de sua relação, há um respeito mútuo inabalável. Nenhum revirar de olhos, nenhum sarcasmo. Mesmo assim, sempre tive a sensação de que gostaria mais do meu cunhado se o visse chorar ou vomitar.

Rick termina de enviar e-mails e olha para nós como se estivesse se lembrando de onde está.

– Então, Nora, como Hollywood está lhe tratando? Muito bem, eu espero?

– É, bom, vamos ver. O filme sai em outubro. Espero que as pessoas gostem.

– E você conseguiu um contrato pra dois filmes ou algo assim? O que vem em seguida?

– Não, mas estava pensando em uma segunda cerveja – digo, olhando para minha mãe para mudar de assunto.

Penny fica animada.

— Sabe o que você devia fazer agora? — Ah, droga. — Escrever uma grande e épica história de amor pra tela grande. Tipo uma fantasia romântica, com cenas como aquela da chuva em *Diário de uma paixão*. Daquele tipo que nos faz chorar o tempo todo.

— Não tenho certeza se sou feita pra isso — digo.

— Só pense no momento mais romântico da sua vida e construa uma história em torno dele. É isso o que você faz. Não precisa seguir uma fórmula, só faça com que seja verdadeiro.

Há algo na forma como Penny usa a palavra "só" que sempre me lembra de como a vida dela é mais fácil que a minha. Não apenas pelo seu dinheiro e pelo marido que a apoia. Minha irmã é capaz de agir sem pensar demais. Só contrate uma faxineira. Só conheça outra pessoa. Só escreva outro filme. Mas, nesse caso, ela tem alguma razão. Posso sentir a ideia formigando no alto da minha cabeça. E se eu escrevesse minha história com Leo? E se, escrevendo, eu pudesse me livrar disso, parar de ruminar? E se eu conseguisse sair desse buraco escrevendo?

Depois do Quatro de Julho, nós voltamos para Laurel Ridge e entramos na rotina lenta e morosa do verão. Arthur fez 11 anos e está dormindo mais, deixando Bernadette e eu com nossas rotinas matinais. Ela tem um acampamento com a turma do futebol que começa às nove horas e que vai durar o dia todo. Arthur tem um acampamento com a turma do teatro que começa ao meio-dia. Tenho tempo para fazer uma corrida entre os horários, mas não tenho tempo para me instalar e escrever.

Decido não lutar contra a situação e me dar verdadeiras férias de verão. Estarei sem dinheiro no fim de setembro, e provavelmente vou ter que me endividar um pouco antes de vender outro filme para O Canal do Romance. A ideia de voltar a ter dívidas faz com que meu cabelo pareça em chamas, mas voltar à casa de chá é pior.

Apenas ficar parada na janela do solário vendo aquelas hortênsias maravilhosas – que Leo não está aqui para ver – ladeando a porta da casa de chá é demais para mim. É ridículo, mas olho para elas e vejo uma mentira: Leo não esperou para ver o que ia florescer em julho. Ele não ficou. Bernadette gosta de cortá-las e trazê-las para casa, o que normalmente é a alegria do nosso verão, com as janelas abertas e as hortênsias azuis e gigantes cobrindo toda superfície. Este ano, sugeri que ela as colocasse em seu quarto.

Penso em tentar escrever na biblioteca, mas a verdade é que não estou pronta para escrever nada. Não estou pronta para falar de modo leve de casos de amor e corações partidos. Eu definitivamente não consigo me ver seguindo na direção de um final feliz. Sei que preciso reconstruir meu mundo. Meu cronograma era minha armadura e preciso restabelecê-lo. Preciso de novas rotinas para não ver Leo toda vez que asso um frango. Várias pessoas não assam frango, e vou ser uma delas.

Não estou totalmente focada em melhorar. Durante as horas silenciosas em que meus filhos não estão, eu me enrosco no sofá e assisto ao *Dr. Phil* ou a *reality shows* sobre pessoas em situação pior que a minha. A ideia aqui, digo a mim mesma, é que isso me ajuda a me sentir melhor em relação à minha vida. Pelo menos, não enviei as economias de uma vida para um namorado falso na internet. Pelo menos, não tenho compulsão de comer meu próprio cabelo. No fim, não me sinto melhor em relação à minha vida. Só fico deprimida por aquelas pessoas estarem tão mal.

À noite, vou para a cama e entro em sua conta no Instagram. Sei que não é ele quem faz as publicações, acho que Leo nem tem o aplicativo instalado no celular. Mas quem quer que seu agente tenha contratado para distrair os 30 milhões de seguidores do astro deve estar conseguindo fotos em algum lugar. Há fotos no *set* de filmagem do *Mega Man* e algumas em sua casa em Los Angeles. *O cabelo de Leo está mais comprido*, penso. *Ele está usando cores pastel agora.* Há uma homenagem de aniversário para Naomi, uma foto ingênua dos dois no *set* de *A casa de chá*. Dou *zoom* em Leo à procura de pistas sobre quem ele é. Uma dessas noites vou encontrar alguma foto que revele um traço de maldade, ou melhor, uma dor no coração estampada em seu rosto, e tudo vai fazer sentido para mim.

Tem uma foto do pôr do sol que juro que não foi Leo que tirou. Não sei como sei disso, mas sei que não era assim que ele capturaria a cena. Esse pensamento me faz retroceder. Fico incomodada por conhecê-lo tão bem. E por poder entrar direto na sua cabeça e saber o que ele iria pensar, quando na verdade não tenho ideia de quem Leo é agora. *Talvez ele tenha tirado a foto*, penso. *Talvez seja assim que vê as coisas agora.* Prometo apagar o Instagram do celular de manhã. Mas não faço isso.

Meus filhos e eu estamos cuidadosos uns com os outros. Eles não sabem como falar sobre essa situação com Leo, e desconfio que seja porque não sabem o que rolou. Tudo o que as crianças sabem é que tudo parece diferente sem ele, especialmente eu. Tento mencionar Leo rapidamente para impedir que seja um assunto tão carregado. Tento falar sobre ele como uma coisa que aconteceu, uma pequena diversão, e não como algo que estamos levando para o futuro.

O acampamento de Arthur está fazendo uma peça de *Amor, sublime amor* para ser apresentada para toda a cidade no meio de agosto. Ele não suporta o diretor.

– É como se não soubesse nada de atuação. Ele é professor de Educação Física o resto do ano. Tudo o que ele faz é nos dizer onde ficar.

O principal problema do cara, desconfio, é que ele não é Leo.
Resolvo aproveitar a oportunidade.

– Isso é decepcionante. Mas foi muito incomum você ter tido um astro do cinema de verdade dirigindo sua última peça.

– Acho que foi. – Arthur olha pela janela do carro.

Tento outra vez.

– Foi bom não ter prometido a Leo que nunca seria ator. Parece que você está começando a ficar bom nisso.

– É, como se Leo desse importância a promessas.

CAPÍTULO 16

❧

É SETEMBRO, E ESTOU DE VOLTA. É ISSO O QUE DIGO A MIM mesma. Eu me permiti vivenciar um período preguiçoso de luto, mas agora acabou. Estou praticamente sem dinheiro, então, de fato, construí uma situação em que vou ser forçada a escrever para sobreviver. Gastei duzentos dólares que provavelmente não deveria ter gasto organizando um grande churrasco de Dia do Trabalho no jardim. Valeu a pena. Coloquei o bar na mesa da casa de chá, e as pessoas entravam e saíam dali a toda hora, purificando o local. Alguém derramou uma margarita no chão, e eu quase disse: *obrigada*. O melhor antídoto para lembranças antigas são novas lembranças.

No alvorecer do primeiro dia de aulas, prometo a mim mesma sair dessa. Vou voltar a ser quem eu era antes de *A casa de chá* e vou escrever. Estou um pouco bronzeada, recuperei meu peso normal. Estou até correndo onde Leo e eu corremos juntos, embora eu não tenha ido ao santuário das aves. Não sou maluca.

Quando me dirijo à casa de chá, a porta está fechada. Estou determinada a fazer as coisas funcionarem hoje, então abro a porta, deixando-a do jeito que eu gosto, e volto para casa para começar de novo. Faço uma caneca de chá e volto a apontar meus lápis. Então me dirijo à casa de chá sentindo a presença daquela velha sensação, uma combinação de inspiração e motivação. É a magia, e estou prestes a entrar em outro mundo. Arrumo minhas coisas e acendo o fogo.

Faço um nó no cabelo, abro o notebook e começo a digitar. Falei para Jackie que teria um roteiro pronto para O Canal do Romance em outubro, o que não deve ser um problema. Escrevo sobre um ator de Manhattan que vai para uma velha casa no interior para rodar um filme e se apaixona pela mulher que vive ali. Eles se desentendem por algum tempo, mas daí o cara resolve ajudar com a peça escolar. No dia da estreia, ele é sugado de volta para o seu próprio mundo, mas muda de ideia e volta quando a cortina se abre. Há um beijo casto enquanto a câmera se afasta.

Estou leve ao escrever e, enquanto faço isso, entendo por que eu escrevo. Escrever é recriar algo da forma como gostaria que fosse. Posso filtrar minha desilusão amorosa através da leveza irrefletida de um filme romântico para ser assistido à tarde, e de repente tudo é uma bobagem. É quase banal. Meu grande caso de amor é um veículo de oitenta minutos para vender absorventes e seguros.

O cara acha o cronograma dela adorável. Ela lhe mostra o prazer de assistir a um simples nascer do sol. Ele lhe conta que seu apartamento de cobertura é frio e não tem vista, mesmo estando tão perto do parque. O primeiro beijo é interrompido, como sempre. Os dois mudam para melhor.

Contar para mim mesma essa história desse jeito confirma que ela não foi real. Foi uma fantasia, algo que eu devia reconhecer, já que trabalho com fantasia. Toda aquela intensidade e aquele amor malucos eram novidade para mim, mas, para Leo, era apenas o drama de interpretar um papel. E tenho que admitir que ele é profissional. Na verdade, estava vivendo um filme padrão, tão simples quanto um jogo de encaixe de palavras. Decido terminar esse roteiro em três dias, porque grande parte dele já está escrito. *Dinheiro fácil*, penso, me deitando para o meu cochilo.

Espero até 20 de setembro para enviá-lo para Jackie, principalmente porque não quero que saiba que o escrevi tão rápido. Sempre acho que ela vai conseguir mais dinheiro se achar que levei o mês inteiro para acabar. Só não espero até 1º de outubro porque não quero colocar a hipoteca no cartão de crédito.

Três dias depois, ela me liga durante o jantar.

— Então você se apaixonou por ele?

— Por quem?

Estou apenas ganhando tempo enquanto levo o celular para a varanda da frente para poder ter essa conversa em particular.

— Por Leo! Nora, eu não sou idiota.

— Que engraçado, porque eu sou.

— Uau. Então é tudo verdade?

— Mais ou menos, na vida real houve muito sexo e ele não voltou. Arrependo-me de não ter trazido a taça de vinho comigo.

— Sinto muito. A sua agonia fica evidente nas páginas.

— Não, não fica. — Sento-me ereta, na defensiva. — Escrevi deliberadamente no estilo do Canal do Romance, com baixo risco emocional e resoluções rápidas.

— Não, você não fez isso. Tirando o final, que parece totalmente falso, esse é outro roteiro fantástico. Vou lhe contar meu plano. Eu vou dizer ao Canal do Romance que você está gripada e empurrarei o prazo para frente. Aí vou esperar as primeiras críticas de *A casa de chá* aparecerem, talvez até 5 de outubro. Se forem tão boas quanto eu espero, vou vender esse por um milhão de dólares.

— Espere. O quê?

— Acho que *A casa de chá* vai ser grande, grande nível Oscar. As pessoas vão querer seu próximo roteiro, e esse é poderoso. Só conserte o final.

Estou tão confusa quando desligo o telefone que vou pegar a taça e a garrafa de vinho e volto para a varanda. Acho que preciso reler o texto que enviei para ela, porque talvez não seja tão leve quanto eu pensava. Transformarem em filme o modo como eu realmente me senti em relação a Leo seria uma humilhação épica. Mas, com um milhão de dólares, eu poderia relaxar de forma épica.

Só que tem o problema do final. Não se pode terminar um filme com uma mulher apenas olhando para o celular mudo, verificando periodicamente seu "Oi" sem resposta. Não há condições que permitam que o cara volte ou que ela saia por cima. Ele simplesmente foi embora e nunca mais ligou. Ele lhe deu dinheiro, pelo amor de deus. Não, vou trabalhar na essência do roteiro e arrancar qualquer sentimento dele. Vou lhe dar um cachorro, e eles vão passear muito com ele. Talvez ela tenha o sonho secreto de abrir uma loja de *cupcakes*. Eu ainda posso pegar esse pesadelo e transformá-lo em um filme para O Canal do Romance.

Passo uma semana removendo meu coração do texto. Eu não percebi que os diálogos eram conversas verdadeiras que tivemos. Substituo tudo por reflexões sobre suas esperanças e sonhos – ele sempre quis experimentar marcenaria. E ela tem a loja de *cupcakes*. Olhares demorados, leve roçar de mãos. Suas filhas são gêmeas idênticas e lhes dou as melhores falas. Acrescento pais adequadamente úteis para dar conselhos, mas só quando lhes pedem.

Jackie leva um dia para me dar um retorno.

– Que droga é essa?

– É a versão da minha história para O Canal do Romance. Adicionei um cachorro e *cupcakes*.

– Então você prefere 25 mil dólares do que um milhão? Prefere desistir do momento em que está prestes a se tornar uma roteirista cobiçada em Hollywood do que apenas contar a verdade?

Isso me magoa um pouco. Gosto de me ver como verdadeira. Foi bom escrever *A casa de chá*, significou alguma coisa e explorava as áreas cinzentas da minha vida. Mas compartilhar aquela história não me custou nada. Eu saí vitoriosa no fim porque sobrevivi à partida de Ben. E sobrevivi muito bem porque estava de saco cheio dele. A essência da história é que às vezes as pessoas vão embora e não levam nada consigo. Já Leo levou praticamente tudo.

Ele levou o nascer do sol. A casa de chá. Agora, ele vai levar meu milhão de dólares. Penso nele relaxado em sua mansão em Bel Air com Naomi, talvez planejando uma viagem pós-filmagem para algum destino tropical. Penso na minha fatura do cartão de crédito e no fato de que Arthur seguramente vai precisar usar aparelho.

— Está bem — digo. — O que acha disso? Guarde essa versão *cupcake* reluzente, caso precisemos dela. Vou ver se consigo pensar em um final para a outra.

— Sério? Fico muito feliz! — Posso ouvir o som da caixa registradora em sua mente. Também posso ver o dinheiro do adiantamento que precisarei usar para pagar a fatura do cartão de crédito com juros de dezoito por cento ao ano que vou ter que usar para pagar a prestação de outubro da hipoteca. — Vamos tentar lá pro meio de outubro. O filme estreia no dia três de outubro, é aí que o zum-zum-zum vai começar e vamos ter ideia de como ele vai se sair. E você vai ser esperada na estreia em Nova York. Eu me esqueci onde é, mas vou te mandar.

— Eu não vou.

— Nora, esse é o seu momento. Você escreveu um roteiro poderoso e merece caminhar pelo tapete vermelho e aproveitar. Não deixe que Leo tire isso de você.

Resolvo não decidir nada agora. Amanhã, vou recomeçar a trabalhar no verdadeiro roteiro, na versão chamada *O nascer do sol*, não na chamada *Amor no campo*. Gosto da ideia de ser uma escritora séria e ganhar dinheiro de verdade. Gosto da ideia de voar para Hollywood para... bem, nem sei o que eles fazem por lá. Eu precisaria fazer umas luzes e arranjar roupas diferentes, o que também parece bom. Desde que continue tendo homens que me abandonam, vou ser um grande sucesso. Isso não devia ser um problema.

Meus filhos estão discutindo na sala. Há algum problema com o Xbox e decido não me envolver.

— Vamos subir pra escovar os dentes – digo.

Depois de cobrir Bernadette, encontro Arthur na cama. A porta do seu quarto range e ele está em um frenesi de lençóis. Tem algo escondido embaixo das suas cobertas.

— Ah, oi, mãe – ele diz em uma voz que desconheço.

É pornografia, penso. Como isso pode estar acontecendo? Ele está no sexto ano, mal tem pelos nas pernas. Não tem um homem em casa para conversar com ele sobre isso, e eu com certeza não sei por onde começar. Pela primeira vez, meio que desejo que Ben estivesse aqui.

Eu me sento na beira de sua cama e lhe dou um abraço.

— O que você tem aí embaixo das cobertas?

— Nada.

— Não fale assim, tem uma coisa aí. Não precisa se envergonhar, mas temos que conversar sobre isso. Onde você conseguiu?

Arthur olha para as mãos. Olha para mim. E começa a dizer algo, mas não consegue.

— Querido, não tem problema ser curioso. Mas não é assim que se deve fazer. Onde você conseguiu?

— Leo – ele diz, e meu coração para.

Sinto a fúria começando a se espalhar pelo meu peito quando

ele tira a "coisa" de baixo das cobertas e a entrega para mim. É um exemplar da primeira edição de *Oliver Twist*.

— Ah — falo, rindo. — Bom, isso é legal. Quando ele lhe deu isso?

— Ele mandou pelo correio. No início do verão.

— Por que você não me contou?

Arthur espera uma eternidade antes de responder.

— Porque achei que você ficaria triste.

— Ah, querido. — Passo as mãos pelo seu cabelo comprido. Toco seu rosto jovem demais para a pornografia. — Não precisa se preocupar comigo. Fico feliz por você ter recebido um presente tão legal.

— Tinha um bilhete.

Ele pensa antes de me perguntar:

— Você quer ler?

Penso antes de responder:

— Quero.

Querido Arthur,

A sra. Sasaki me enviou o DVD da estreia e já assisti duas vezes. Você acertou todas as suas falas, todas as suas músicas. Não acho que eu tinha tamanho domínio do palco na sua idade. Tudo o que você fizer, espero que possa fazer com a confiança daquela noite.

Espero que você tenha a oportunidade de ler este livro. Vai ser fácil, você já sabe todas as falas. Tenha um verão divertido, e por favor, dê um alô pra todo mundo.

Com amor,

Leo

Mas que merda é essa?

. . .

Os finais de *O nascer do sol* estão surgindo com toda a força. Leo está voltando para mim, mas é atropelado por um trem. Talvez seja um trem lento que não o mata imediatamente, e ele agoniza em um hospital imundo do terceiro mundo. E pega piolhos. Muitos piolhos.

Quero que Leo tenha piolhos e a pior infecção na bexiga que existe. Pesquiso no Google: "Homens podem ter infecção na bexiga?". Podem! "Dê um alô pra todo mundo." Não é nem uma frase inteira. Eu dividia meia frase com minha filha de 8 anos, a sra. Sasaki e Kate. Droga, todo mundo. A gente teve um romance. Ou, pelo menos, dormimos juntos. Talvez eu deva reler *O nascer do sol*, porque juro que estou ficando confusa.

Não. Foi um romance. À noite, quando ele estava na casa de chá e eu estava no meu quarto, Leo me escrevia: Sinto sua falta. E todas as células do meu corpo começavam a se movimentar com o triplo da velocidade. Passávamos algumas noites trocando mensagens por horas, até eu lhe dizer que o sol ia nascer em quatro horas e que talvez devêssemos dormir um pouco. Ele respondia: Mal posso esperar.

Pouco dormi naquelas duas semanas, exceto pelas tardes na casa de chá. E ainda passava algumas dessas tardes acordada observando-o dormir. Não é assim que se faz lavagem cerebral? Privando-a de sono e alimentando-a com um monte de mentiras? Concluo que sofri uma lavagem cerebral e me pergunto quantas outras mulheres caíram nesse *nonsense*.

Enfim escolho um final satisfatório para *O nascer do sol*. Ele acabou de sair de um rompimento desastroso com uma jovem atriz e depois de passar três semanas na reabilitação (tomei a liberdade de aumentar a quantidade de bebida aqui), volta para a minha casa. Em minha mente, seu cabelo está infestado de piolhos, mas não escrevo isso porque não quero assustar o público nos cinemas. O cara volta cheio de desculpas e explicações e finalmente sabe o que quer.

– Também sei o que quero – ela diz enquanto ele segura sua mão. – E não é você.

Levanto da mesa na casa de chá e me sento no sofá-cama.

– Não é você – falo em voz alta.

A rejeição me traz uma sensação boa. Imagino o desconforto em seu rosto. A surpresa por eu ter seguido adiante com a minha vidinha.

– E não é você – digo outra vez e começo a chorar, porque, claro, isso não é verdade.

CAPÍTULO 17

UMA SEMANA ANTES DA ESTREIA EM NOVA YORK, *A casa de chá* foi exibido em alguns cinemas menores e os críticos pareceram gostar do filme. Eles usaram adjetivos como "reflexivo" e "poderoso", o que é engraçado, porque para mim foi apenas "o que aconteceu". Falei para Jackie que estaria na estreia em Nova York depois que ela me disse para não deixar Leo roubar o meu momento sob o sol.

Weezie me escreve para perguntar se vou estar lá. Respondo: Quem está perguntando?

Só eu, mas quero ter certeza de que você esteja matadora.

Ela pergunta se pode pedir para sua amiga estilista me enviar alguns vestidos, e eu penso: *por que não?* Não vou ao evento parecendo ter saído da capa do álbum *Tapestry*. Tenho um segundo cartão de crédito que parece uma arma carregada. Ele fica na carteira para caso eu precise dele, realmente precise. Ben costumava achar que o limite disponível era um ativo: "Claro que podemos pagar por isso, estão sobrando 1.200 dólares no Visa".

Recebo uma caixa com três vestidos e dois pares de sapatos. Todos vêm com os preços, mas tento não olhar. Um é verde-esmeralda, outro prateado e outro preto, todos modelados para me deixar jovem e promissora, mas também cortados e forrados o bastante para que eu pareça uma adulta. Com a ajuda de Bernadette, escolho o prateado. Ela acha que ele me faz brilhar. Os sapatos são absurdos e custam mais que o vestido. Eles também são prateados e têm uma tira fina de couro sobre o dedão e outra em torno do tornozelo. Eles são pequenos, quase não pesam, e mesmo assim custam mais que uma prestação da minha hipoteca. Digo a Bernadette que posso facilmente usar os sapatos pretos que comprei para o funeral da minha avó.

– Certo. – Bernadette sai do quarto e volta com o celular. – Desculpe, mas pegue isso aqui. – Ela me oferece o aparelho como se ele fosse um remédio.

– Alô?

– Pelo amor de Deus, Nora. Só compre os sapatos.

Só.

– Oi, Pen.

– Você é importante. E vai à estreia do seu próprio filme. Pelo que Bernie me disse, você vai ficar maravilhosa com esse vestido. Só pra variar, vá fundo. Por mim. Não suporto a ideia de Leo ver você usando sapatos de enterro.

Uma coisa que eu amo em Penny é o quanto ela se importa com as coisas com as quais se importa. Tipo aquela vez que encontrou peônias brancas para decorar sua festa branca. Tipo o prédio novo do outro lado da rua de seu apartamento, que se encaixa perfeitamente em sua janela panorâmica. Bernadette também tem essa qualidade: a habilidade de ficar extremamente empolgada com as menores coisas.

Eu o experimento enquanto estamos conversando.

– Pen, eles são as trinta gramas de couro mais caras...

Paro de falar e me viro para o espelho.

— O quê?

— Eles são uma obra de arte — solto.

Será possível que eu tenha pés bonitos? E que talvez essa beleza suba pelas minhas pernas? Posso estar tendo uma alucinação, mas acho que meu rosto parece mais jovem. O que é isso, sapatos mágicos?

— É isso o que estou dizendo. Aposte alto ou volte pra casa. Pelo menos dessa vez, compre logo esses sapatos.

— Pen, como é que eu vou descer de um carro e caminhar por todo o tapete vermelho com estes sapatos?

Tento imaginar a cena enquanto falo. Estou andando, então o salto agulha fica preso em algum obstáculo inesperado e eu caio de cara no chão, enquanto Leo e Naomi sacodem a cabeça com pena. Penny me conhece, ela sabe o que estou querendo dizer.

— Não tenho onde me segurar — digo.

— Bom, que besteira. Você tem a mim. Me deixe ir à estreia com você e eu pago os sapatos. Quando virem as irmãs Larson produzidas assim, Hollywood não vai saber o que os atingiu.

Eu me arrumo em meu pequeno banheiro, com Bernadette ao meu lado e Kate sentada na lateral da banheira. Mal há ar para nós três, e Arthur teve o bom-senso de esperar na minha cama. Depois que meu cabelo está liso e minha maquiagem está começando a me fazer suar, mando todos lá para baixo para poder colocar o vestido.

E me arrependo da escolha imediatamente. O prateado cintilante grita, e me dou conta de que esperava me movimentar feito um sussurro esta noite. Talvez eu queira que a noite passe sem a minha presença. E é tarde demais para voltar atrás, não tenho outro vestido tão elegante, e o carro chega em quinze minutos.

Kate e Bernadette suspiram impressionadas enquanto eu desço. Ao que parece, elas amam esse vestido escandaloso. Arthur é mais reservado.

– Você está bonita, mãe. Então você só vai ver o filme e depois vai voltar, certo?

Kate diz:

– Bom, tem uma festa depois e quem sabe o que mais. É Nova York! – Ela fala para mim: – Vá e fique fora o tempo que quiser. Eu fico com as crianças, e você pode pegá-las de manhã.

Arthur não está concordando com isso. Digo:

– Não sou exatamente do tipo que festeja a noite inteira, não deixem que esse vestido engane vocês. Vou assistir ao filme e voltar direto pra casa.

– Está bem – Arthur fala.

Bernadette sacode a cabeça de decepção.

Penny sai de seu prédio em um vestido preto sem alça e uma versão preta dos sapatos que estou usando. Ela dá uma corridinha quando me vê no carro à espera na esquina, e me pergunto se ela usa sapatos assim o tempo inteiro.

– Estou muito pronta – ela diz ao entrar. – Você está pronta?

– Bem, não acho que seja possível botar mais maquiagem no meu rosto, então devo estar pronta – respondo.

– Você está bonita – ela fala, pegando minha mão. – Então, já sabe como vai agir? Porque ele vai estar lá, vocês vão ficar cara a cara e você vai ter que dizer alguma coisa.

Levo a mão ao coração depressa, como se quisesse protegê-lo, e me dou conta de que ele está batendo rápido demais.

– Não estou pronta. Eu achava que estava pronta. Pensei em só dizer "oi" e esperar pra ver o que Leo vai responder. Esse é meu grande plano. Mas não, na verdade, não estou pronta.

— Está bem, vamos trabalhar ao contrário. O que quer que ele pense? Que é um idiota? Que você está perfeitamente bem?

Abro a janela e deixo que o ar do outono encha meus pulmões.

— Quero que Leo ache que estou bem, acho. Mas não sei se consigo fazer isso. Não estou bem, Pen.

— Certo, precisamos organizar sua cabeça. Coloque essas coisas na frente: você está maravilhosa nesse vestido. E é a razão para todas essas pessoas estarem ali esta noite, já que escreveu o filme. Você é a estrela. Ele só está ali por causa do que você criou. Quero ver seus ombros para trás, sua testa relaxada e um sorriso, como se soubesse que o que estou dizendo é verdade.

Quando éramos pequenas, as Barbies de Penny sempre se esforçavam ao máximo. Elas eram arrumadas e bem-vestidas e, não importava a história trágica que eu pusesse em seu caminho, Penny sempre as fazia ficarem por cima. Esta noite, ela está fazendo a mesma coisa por mim.

— Está bem, estou maravilhosa e reluzente assim como meus sapatos — eu concordo.

— Pelo menos.

Nosso carro está autorizado a parar bem na frente do cinema. Alguém com um fone de ouvido abre a porta e me ajuda a sair. Ajusto o vestido e a *pashmina* preta sobre o braço. Pisco com as luzes. Olho para trás e vejo Penny descer do carro com um sorriso no rosto. Lembro-me de fazer o mesmo. Posamos juntas para uma foto e começamos a percorrer o tapete vermelho em passo pequenos a princípio, e depois em passos normais. Imagino que meu belo vestido e minhas sandálias mágicas são um traje de confiança. São a capa da autoconfiança, e tento avançar pelo tapete com um passo e uma expressão que combine com eles. Além disso, Penny está perto o bastante para me segurar, se eu tropeçar.

Quando terminamos nossa jornada, fico aliviada. As pessoas estão circulando pelo saguão do cinema e alguém nos serve taças de champanhe de uma bandeja.

— Nora, você está maravilhosa. — Ouço às minhas costas.

É Martin. Nos cumprimentamos com um abraço. Eu o apresento à Penny, e ele nos apresenta à sua esposa jovem demais, Candy.

— Essa é a próxima estrela de Hollywood — ele conta para Candy. — Enquanto ela continuar escrevendo, serei rico.

— E Nora também — Penny diz.

Eu o agradeço e bebo o resto de meu champanhe.

— Está escrevendo alguma coisa agora? — Candy pergunta.

— Estou — digo, e me arrependo imediatamente.

Martin junta as mãos.

— Se este filme for tão bem recebido quanto eu antecipo, planejo entrar num verdadeiro leilão pelo seu próximo projeto. Sobre o que é?

Sobre Leo e eu nos apaixonando loucamente depois que você foi embora. Sobre como o nascer do sol pode ser a coisa mais importante do mundo para uma pessoa que perdeu o contato com sua alma. Sobre alguém que dá as costas para sua alma pela fama, é o que quero dizer.

— Mais bobagens sobre amores perdidos — respondo. E agora tenho certeza de que não posso deixar ninguém ler aquele roteiro.

Um homem passa com mais champanhe e pego mais um. Claro, não comi nada desde o bacon de Arthur no café da manhã. Idiota.

— Leo já chegou? — Penny pergunta, e lanço um olhar para ela que aperfeiçoei aos 12 anos.

— Provavelmente são eles agora — Martin diz, apontando a cabeça para a multidão de fotógrafos cercando uma limusine branca.

Enquanto antecipo Leo saindo daquela limusine, sei apenas de uma coisa: não posso fazer isso. O que mais temo é ver culpa ou pena em seu rosto. Isso seria minha ruína.

— Estou ansiosa pra ver como ficou o filme — falo para Martin. — Podemos entrar antes pra pegar um bom lugar?

— Claro, vá na frente. Nos vemos na festa depois?

— Claro — Penny responde por mim.

Falo para Candy que conhecê-la foi o ponto alto da minha noite, e entramos no cinema. Conduzo Penny para a fileira de trás e nos sentamos no meio. Eu me cubro com a *pashmina*.

— O que é isso? — Penny pergunta. — Esta é a sua grande noite e vamos ficar escondidas aqui atrás? Tire essa *pashmina* pra você pelo menos brilhar um pouco.

— Não sinto vontade de brilhar. Isso foi um grande erro, Pen.

Aponto para uma fileira de lugares reservados, onde tenho certeza de que Leo e Naomi vão se sentar.

Estou sendo tomada por um pânico verdadeiro. Penso mais em *O nascer do sol* do que neste filme. Preciso pegá-lo de volta. Não ligo muito que as pessoas saibam que tive um caso com um astro do cinema, mas não quero que saibam o quanto isso significou para mim. Não posso correr o risco de Leo ver esse roteiro, ou que — que Deus não permita! — ele seja escalado para interpretar a si mesmo. Imagino-o dizendo tudo o que disse para mim para uma jovem estrela infinitamente mais apropriada para ele. Imagino-o lendo e pensando: *Coitada, ela ficou mal.*

Cabeças se voltam para a entrada à esquerda do cinema, e sei pela excitação em seus rostos que são Leo e Naomi. Puxo a *pashmina* ao meu redor e tento me encolher. Penny respira fundo. Eles se dirigem a seus lugares e cumprimentam pessoas no caminho. Leo veste um *smoking*, e ela está de vermelho para combinar com o tapete. Eu me pergunto quantas vezes ele cortou o cabelo desde que o vi. Tenho certeza de que vai virar a cabeça e me ver, mas, em vez disso, ele gesticula para Naomi ir na frente, conduzindo-a pelo braço e lançando um breve olhar sensual em sua direção.

— Ele está quase olhando pra cá, sente-se direito — Penny fala pelo canto da boca. — Aja como se eu tivesse dito algo engraçado.

Não tenho um sorriso para dar, mas, de qualquer jeito, Leo se acomoda em seu lugar sem nem olhar na nossa direção.

— Preciso sair daqui — digo.

A expressão no rosto de Penny me diz que provavelmente fiquei branca. Ela pede desculpas feito o Pernalonga saindo da ópera enquanto pisamos nos pés das pessoas para nos libertarmos. Ela me conduz para fora e nos sentamos em um banco no saguão.

— Você vai desmaiar ou algo assim? — ela pergunta. — Quer uma Coca?

— Preciso respirar, e preciso repensar tudo. Literalmente tudo. — Lágrimas começam a escorrer e eu nem me importo. — É como se eu tivesse tirado férias no inferno. Como se tivesse escolhido todos os voos e passeios, feito as malas, e agora estivesse dizendo: "Espere. O que estou fazendo no inferno?".

Penny passa os braços ao meu redor.

— Você meio que fez isso.

— O que eu estava pensando quando me apaixonei por esse cara? O que eu estava pensando quando escrevi um filme sobre o meu divórcio? Quando vim aqui pra ver meu ex sendo interpretado pelo meu antigo namorado e sua namorada? Devo mesmo vê-los se separando exatamente no mesmo local onde fiz sexo provavelmente pela última vez?

— Você pode fazer sexo outra vez — ela diz.

— E o que estava pensando quando concordei em fazer tudo outra vez? Tipo, vou mesmo escrever um novo filme sobre o meu mau gosto por homens?

– Nora? – É Weezie, ostentando uma prancheta e um sorriso doce. Ela me entrega um lenço de papel. – Você está linda.

– Obrigada – respondo. – Essa é minha irmã, Penny.

Ela se senta do outro lado.

– Difícil demais?

– Difícil demais.

– Sinto muito. Acho que eu só queria que experimentasse aquela parte do filme em que ele a vê no seu vestido prateado e percebe o tolo que foi.

– Eu também! – Penny concorda. – Era tudo o que eu queria. Estava até sentindo o gosto disso.

– Eu meio que imaginei seus olhares se cruzando enquanto ele descia da limusine – Weezie começa a dizer.

– Ele daria um sorriso delicado e se lembraria de tudo o que vocês tiveram – continua Penny.

– E ele se dirigiria lentamente até você e tocaria o seu rosto. Ou quem sabe pegaria sua mão? Não sei direito, mas vocês entenderam.

– Também gosto dessa parte do filme – digo, e elas suspiram. – Bem, gosto e não gosto. Essa cena é uma espécie de insulto pros dois. Como se o mais importante fosse ele se lembrar que ela é bonita pra então voltar a amá-la. Não é como se ele a visse entrar correndo em um prédio em chamas pra salvar um senhor de idade. Não é como se as coisas tivessem mudado. É como ele tivesse apenas se distraído com algo brilhante.

– Roteiristas – Weezie diz, revirando os olhos.

– Não se pode construir uma vida em torno de um cara achando que você é bonita. As coisas não são assim.

– Está bem – ela concede.

– Simplesmente não é o suficiente. Nunca aceite isso.

Penny já aguentou o bastante.

– Weezie, precisamos de um plano. Tipo, ela vai ter que cumprimentá-lo em algum momento. Imagino que a festa seja pequena. Ela deve chamá-lo? Agir com naturalidade? Qual a sua opinião?

– Diga pra mim que essas não são as únicas duas opções – falo. – Sou incapaz de escolher qualquer uma delas.

Weezie ri.

– Ser cordial é uma aposta segura. Você conseguiria fazer isso.

Ser cordial deve ser o melhor jeito de evitar a humilhação. Posso ser educada e cumprimentar os dois, eles podem deixar de sentir pena de mim e todos podemos seguir em frente. O problema é que não consigo fazer isso, nem mesmo com esses sapatos. Tenho que encarar Leo e olhar em seus olhos. Vou lhe mostrar minhas cartas. E por "cartas" quero dizer coração partido.

– Ainda não cheguei a esse ponto – falo para elas. – Acho que vou pegar uma pipoca e depois ir pra casa.

CAPÍTULO 18

❧

UM DIA, EU ACORDO E VIREI UMA HEROÍNA FEMINISTA. O que é engraçado, porque ainda estou fantasiando sobre o bonitão que aparece para me resgatar de mim mesma. *A casa de chá* está sendo chamada de "cartilha de como preservar seu poder pessoal". Mulheres o comparam com suas próprias experiências e com as de todas as mulheres da história. Minha citação favorita é de uma das apresentadoras do *The View*: "*A casa de chá* nos mostra que o vitimismo é uma escolha. Podemos decidir como nos sentir". Que monte de lixo.

As pessoas querem me entrevistar, mas estou fingindo ser reclusa e inacessível. Deus sabe que não sou inacessível. Tenho medo de que se me pressionarem, eu exploda. Vou ter que admitir que não é que eu me recusei a ser uma vítima. Era só que não gostava muito de Ben.

Naomi não parece ter o mesmo medo das câmeras. Ela está em todos os programas diurnos e noturnos falando sobre o que o filme significou para ela. E parece radiante todas as vezes.

— O filme foi muito importante pra mim desde o começo — ela fala para Ellen. — Acho que, se alguém lhe deixa, isso é um problema que se autocorrige. Por que você ia querer estar com alguém que não quer ficar?

O público aplaude. Claro, pode pegar a minha fala, porque é estúpida. Você ia querer que ele ficasse se o amasse. Você ia querer que ele voltasse a amá-la só para parar de doer. Dãrd, Naomi.

Tenho US$ 0 no banco, um saldo de US$ 3.463 no cartão de crédito, e falta uma semana para Jackie começar a vender *O nascer do sol*. Pareço encurralada. Preciso vender esse filme, mas não posso enviar para o mundo a história de como Leo partiu meu coração. Também não posso mostrar ao mundo minha versão fantasiosa, aquela em que Leo volta. Nada me deixaria mais vulnerável que isso. Estou ficando sem tempo, então começo a pensar em vários finais bagunçados e sentimentais. Bernadette me encontra no balanço da varanda com o caderno e os lápis apontados depois do jantar.

— O que está fazendo?

— Tentando descobrir um final pro meu filme.

— Termine com um final feliz.

— Não tenho certeza se essa história tem os ingredientes pra um final feliz. É uma história de amor, mas as pessoas não foram feitas pra ficarem juntas.

— Você pode mudar os ingredientes?

Bernadette puxa os joelhos para junto do peito e deixa que eu a abrace. Ela vai fazer 9 anos este mês, e tento imaginá-la como uma adolescente discutindo comigo. Isso não parece estar dentro dela.

— Como eu faço isso?

— Troque eles. Faça eles diferentes. Para que eles terminem em um lugar diferente.

— Eu meio que quero um deles morto. Sombrio demais?

— Nossa, mãe. É muito sombrio, sim.

Bernadette tem razão, embora eu só entenda isso na casa de chá na manhã seguinte, e decido alterar a estrutura de poder. *Ela* é uma estrela que vai para o interior de Manhattan filmar um videoclipe na propriedade de um viúvo pai de dois filhos. No começo, eles não se entendem, mas passam a se conhecem melhor ao longo da gravação e se apaixonam. Ela se oferece até para ajudar com a apresentação do coral de sua filha.

Mantenho todos os sentimentos. Em uma clareira cheia de pássaros, ela lhe diz que ele é o primeiro homem que já amou. Ele acredita e acha que é para sempre. No fim, é o cara quem é abandonado. E vai ser vítima de *ghosting*.

Daí posso escrever um final feliz. Ela vai escrever uma canção de amor para ele, que vai ouvi-la no rádio enquanto dirige por uma estrada do interior e vai saber que é realmente amado. Ela ganha um Grammy pela canção e o menciona em seu discurso. No dia seguinte, ele volta para casa depois do que quer que faça o dia inteiro e a encontra tocando violão em sua varanda. Grande momento, grande beijo. Parece funcionar quando eu estou no controle.

É novembro, e consigo vender *O nascer do sol* para a Purview Pictures por US$ 750.000. Martin foi contratado como diretor, e eles logo vão começar a escolher o elenco. Pergunto a Jackie se posso descontar meu cheque e não ter mais nada a ver com o filme. Tenho o direito de estar no *set*, que me disseram que vai ser no Mississippi, mas não tenho intenção de ir.

Agora tenho dinheiro e gosto disso. Não consigo superar o fato de ter ganhado tanto dinheiro, como se eu o tivesse conquistado com nada além de palavras e um coração partido. Quero que esse dinheiro valha a pena, então, depois de pagar a fatura do cartão de crédito, deixo-o na conta durante um tempo, decidindo o que fazer com ele.

Em uma noite de quinta-feira, depois da *Roda da fortuna*, espio o Instagram de Leo pela última vez. Divulgação do filme, hambúrguer caro, jogador de futebol americano que não reconheço. Depois, apago o aplicativo do celular de forma cerimonial e o substituo pelo do banco. Vou para a cama e olho minha conta corrente. O grande depósito, os juros. É realmente satisfatório, queria ter um botão de CURTI para apertar.

Meus pais não são necessariamente pessoas frugais. Penny com certeza não é. Cheguei a meus modos espartanos por necessidade. Toda vez que eu me estabelecia financeiramente, Ben embarcava em algum tipo de aventura. Nunca sabia quando isso ia acontecer, por isso aprendi a viver de prontidão. Aprendi a comprar frango na promoção, porque Ben podia resolver que precisava de aulas de pilotagem de avião. Aprendi a deixar a bainha do vestido de Páscoa de Bernadette sem fazer, porque ele podia resolver que precisava de espaço no escritório. Não preciso mais bancar Ben, eu me lembro. Esse dinheiro é meu. Quando acordo de manhã, ele está bem ali onde eu o deixei.

Ligo para Penny para falar sobre isso, porque ela é a única pessoa que eu conheço com essa soma de dinheiro.

– Dinheiro é energia – ela diz.

Reviro os olhos porque sei que vai ser como aquela vez que ela me mandou mover minha cama para a outra parede para melhorar minha vida sexual. Acho que eu devia lhe contar que o verdadeiro prazer foi mover Ben para outro continente.

– Você mostrou seu coração partido pro mundo e isso lhe trouxe dinheiro. Agora, antes de devolver o dinheiro, tente imaginar os sentimentos que você quer que ele traga.

Ah, Deus.

— Pen. Sério.

Esse é o último tipo de bobagem que quero ouvir agora.

— Estou falando muito sério. E você precisa ser honesta. O que quer é se sentir como quando Leo estava aí.

— Você quer que eu pague Leo pra voltar?

Honestamente, ela me deixa um pouco violenta.

— Não, só reproduzir as sensações. Pense nisso, mesmo que apenas por um dia. Como você quer se sentir?

Falo que a amo, embora não tenha nenhuma noção da realidade, e minha irmã responde que nós criamos nossa própria realidade. Então desligamos. Já terminamos muitas e muitas conversas desse jeito.

Mas fico pensando no que Penny disse. Pode valer a pena refletir sobre como quero me sentir, porque estou cansada de como estou me sentindo atualmente. Meu primeiro pensamento é que eu quero me sentir segura, pois o futuro é sólido, então abro contas para as faculdades dos meus filhos. Nunca achei que seria capaz de fazer isso, e me delicio com a sensação. Substituo as noites que passei preocupada com o futuro por devaneios sobre como o futuro pode ser. Talvez eu fique até cinco centímetros mais alta de pé sobre solo firme.

Porém, há outro sentimento um pouco mais difícil de encarar. Por sugestão de Penny, penso em como me sentia quando Leo estava aqui. Não na sensação de ser amada — sei que não se pode comprar isso —, mas na sensação de que posso aproveitar coisas boas. Gostei do vinho e dos lençóis bons. Gostei muito daquelas toalhas novas. Gostei de me livrar da mentalidade de mulher da pradaria e desfrutar de algo tão frívolo quanto luzes penduradas sobre uma mesa de piquenique. Com Ben, coisas boas significavam que estávamos prestes a ficar sem outras coisas. Pareciam uma agressão a meu trabalho duro, um castigo. Com Leo, coisas boas não eram tão carregadas – eram apenas boas.

Decido contratar um empreiteiro e começo a reformar minha casa. Ele não deve tocar na varanda nem na casa de chá, mas projetamos uma cozinha nova onde tudo funciona e acrescentamos um lavabo no primeiro andar. Encomendo janelas novas exatamente iguais às originais, mas hermeticamente fechadas. De repente, minha casa está mais forte e eu também, depois de cuidar dela. Dinheiro não é ruim.

No dia 22 de novembro, às duas da manhã, recebo uma mensagem. Acordo com a notificação e tenho certeza de que alguém morreu. É Leo: Como você pôde escrever isso?

Meu coração se acelera. A última mensagem que recebi dele é de quando ainda estávamos na bolha. Amo você. Estou com saudade. Eu também o amo. Seguido do meu "oi" eternamente sem resposta. Embaixo disso, meses depois, ele está de volta.

Eu: O nascer do sol?

Leo: É, a porra de O nascer do sol. Você pegou a coisa toda, empacotou e vendeu. O que achou que eu fosse sentir quando o lesse?

Eu: Por que você está lendo?

Leo: Eles me mandaram pra eu ver se quero interpretar o papel. Interpretar você, acho.

Eu: Rá. Você vai ter que calçar meus sapatos.

Leo: Você é desumana.

Eu: Eu literalmente não sei do que você está falando.

Leo: Era uma coisa importante, e a transformou em uma de suas histórias horríveis. Fico surpreso por você não ter dado a si mesma uma loja de cupcakes.

Eu: Leo, foi você quem foi embora.

Leo: Eu ia voltar.

Mil respostas passam pela minha cabeça. Você estava no trânsito por sete meses? Você foi preso? Ficou perdido? Estava dormindo? É um idiota? Antes de escolher uma, ele escreve.

Leo: Esqueça. Estou feliz por você estar feliz. Volte a dormir.

Espero outra mensagem. Tenho a sensação de ter acabado de acordar de um sonho em que estou tentando inserir fragmentos soltos em uma narrativa.

Digito: Por que você não voltou?

Mas depois apago.

Digito: Eu estou feliz, e aperto ENVIAR. Digo isso em parte porque não quero que Leo sinta pena de mim e também porque é quase verdade, não estou muito longe de estar feliz. Passei pelo pior desse rompimento. Vou ganhar uma cozinha nova. Arthur tem amigos na escola e um papel na peça de inverno.

Sinto que ele se foi.

Digito: Leo?

E descubro que estava certa.

O bom dessa troca de mensagens é que há uma transcrição oficial. Leio tudo repetidas vezes. De manhã, dou *print* na tela e envio para Kate.

— Quando vocês estavam juntos havia algum indício de que ele era psicótico?

— Nossa, pensei a mesma coisa. "Eu ia voltar." Tipo, você não liga, não escreve, no fim não volta, então o que esse "Eu ia voltar" significa? Eu o vi na TV e em pessoa, ele não perdeu as duas pernas.

— Eu também me perguntei sobre isso — diz Kate. — *Tarde demais para esquecer.* Mas não queria dizer nada. Talvez Leo seja um narcisista.

— Talvez — digo. — Você por acaso sabe o que isso significa?

– Não sei – ela admite.

– Nem eu.

Damos risada.

– Pode ser o termo técnico de "imbecil" – ela diz.

– Talvez.

– Ele diz que você é a primeira mulher que ele amou enquanto está cuidando do coração partido por Naomi. Então a deixa pra voltar pra ela e acusa você de ser insensível. Tem um diagnóstico aí em algum lugar.

– E eu lhe falei que meu empreiteiro é meio gato? – pergunto.

– Ah, lá vamos nós.

CAPÍTULO 19

❧

MINHA COZINHA FICA PRONTA ANTES DO NATAL, E TUDO está lindo. Tenho armários recém-pintados, novos utensílios e uma bancada de mármore reluzente. Quando aperto o botão de ligar da lava-louça, ela funciona. Toda vez que giro o botão de um dos meus queimadores, há fogo. Nada de fósforos. Desço minha escadinha frágil toda manhã e me surpreendo com minha boa sorte. Meus filhos ainda se sentam exatamente nos mesmos lugares e também comem a mesma comida, mas gostam que o frio de dezembro fique lá fora. Embora estejam de saco cheio das pessoas falando sobre mim e sobre o meu filme, posso dizer que estão orgulhosos de mim. Meu empreiteiro era mesmo gatinho e solteiro, mas tinha um jeito de pronunciar os gerúndios que eu simplesmente não pude superar. É possível que eu não esteja pronta para seguir em frente.

Meus pais vêm passar quatro dias aqui e ficam no quarto de Arthur, porque ele tem uma cama de casal. Gosto que meu filho durma comigo. Ele logo vai acabar com os carinhos da mamãe, como sei que é apropriado, e cada vez me pergunto se é a última. Estamos lendo *Harry Potter*, que percebo, em choque, não ter tanto romance.

Meu pai agora me chama de "Hollywood". Tipo: "Ei, Hollywood, quer preparar uns ovos mexidos?". Eles estão empolgados por mim, mas também preocupados. Passam a mão sobre as novas bancadas e perguntam se guardei alguma coisa para os dias ruins. Eu lhes garanto que fiz isso.

— Então o que vem agora, filha? — minha mãe pergunta na véspera de Natal.

— Sobremesa — Bernadette responde.

Minha mãe ri.

— Não, estou falando do quadro geral. Você está escrevendo alguma coisa nova? Agora só vai escrever pra tela grande?

— Não tenho certeza. Estou pensando em escrever algo que não seja romântico, pra variar. Sobre amizade ou assassinato.

Arthur está olhando para o prato. Eu digo:

— Ou aventura. Arthur, você podia me ajudar. — Ele ergue os olhos, mas não fala nada. — Querido? Você está bem?

— O que você acha que papai e Leo fazem no Natal?

Papai e Leo. Em sua mente, eles são uma coisa só.

Se eu falar, vou chorar. Minha mãe percebe e enche a sala com palavras. Essa é uma das melhores partes dela: sua habilidade de encher um espaço com palavras que levam as coisas para outra direção. Lembro-me de ir arrancar um dente quando criança e dela sentada na cadeira atrás do dentista, contando que tinha encontrado um galo a caminho da igreja na semana anterior.

— Bom — ela começa —, seu pai está na Ásia, acho, celebrando o Natal em um velho templo budista. Ele está comendo arroz e tentando convencer os amigos que gemada não é nojenta. Mas é.

Ela dá um sorriso de esguelha para Arthur e meu coração começa a relaxar.

— E Leo... — Bernadette diz. — Onde ele está?

– Ah, coitado do Leo, está celebrando o Natal no México. Cabo San Lucas, pra ser mais exata. Ele se juntou a um grupo de *mariachis* itinerante que o obriga a carregar toda a sua bagagem porque ele não sabe tocar violão. Acho que está ficando com queimaduras de sol.

Arthur ri, para meu grande alívio, e falamos sobre todos os amigos e familiares que não estão conosco. Penny chega da cidade amanhã com a família para o almoço de Natal, então minha mãe nos conta que ela e Rick estão em um McDonald's se entupindo de Bic Macs.

Papai Noel traz para a Arthur a bicicleta que ele estava pedindo havia dois anos. A coisa estava disponível desmontada ou totalmente montada por 50 dólares extras. Eu esbanjei. Para Bernadette, o bom velhinho traz um mundo de bonecas que vêm com mil pecinhas. Estou no solário com meus pais e a árvore de Natal, sem mais nada para montar, depois de meus filhos irem para a cama.

Meu pai pergunta:

– E aí, nenhuma notícia deles?

– Devo ser muito assustadora – digo.

– Não conheci esse Leo, claro. Mas Ben era um idiota.

Ergo minha taça.

– Apoiado!

Ficamos ali sentados olhando para a árvore. Minha mãe mandou duas mensagens para Penny para lembrá-la de trazer calças e botas de neve para os meninos, para que possam brincar lá fora depois do almoço. Ela acha que não percebemos, mas sua missão é diverti-los e amassar um pouco suas camisas engomadas toda vez que se encontram. Minha mãe acredita que o trabalho de uma criança é ficar o mais suja possível para a hora do banho. Fico impressionada com o quanto amo meus pais.

Devo estar meio bêbada, porque pego o celular.

– Posso mostrar uma coisa pra vocês?

Eu me espremo entre eles no sofá para podermos olhar para o meu telefone.

– Leo me escreveu mês passado.

Abro a conversa, desejando que não precisassem ver o Amo você. Estou com saudade de maio. Sem mencionar o meu Também o amo e o solitário Oi.

Minha mãe fica surpresa.

– Você o amava? Ele amava você?

– Acho que sim – digo, começando a ler a conversa.

Explico que *O nascer do sol* é livremente baseado no nosso relacionamento. Eles me pedem para ler a conversa outra vez.

Volto para minha poltrona porque estou me sentido muito constrangida entre os dois. Eles estão olhando para a minha vida de perto demais e tenho certeza de que podem ler minha mente. Meu pai está com as mãos entrelaçadas sobre a barriga, olhando para a casa de chá pela janela.

– Está faltando alguma coisa em você.

– É – minha mãe concorda.

– A habilidade de segurar um homem? – pergunto.

– Não sei o que é, e você não deve ficar louca tentando descobrir – ele diz, o que é tarde demais. – Mas tem alguma coisa faltando aí. Queria que ele tivesse coragem pra lhe dizer o que é.

Ficamos em silêncio. Minha mãe pergunta:

– Ele não vai estrelar o filme, vai?

– Não, ele recusou. Escalaram Pater Harper.

Minha mãe bate palmas.

– Peter Harper! Oh, querida, você precisa ter um caso de amor com ele também!

– Marilyn, francamente – meu pai diz.

CAPÍTULO 20

❧

ANEIRO, E MEU TELEFONE TOCA ENQUANTO ASSISTO AO nascer do sol. Eu estou vestindo um casaco e um gorro de lã e dois suéteres por cima do pijama. O sol de janeiro nasce mais baixo, feito um drama mais silencioso, mas um drama mesmo assim.

— Puta merda – Jackie diz. – Está sentada?

— Por que as pessoas perguntam isso?

— *A casa de chá* foi indicado pra quatro Oscars, incluindo melhor roteiro original.

Fico em silêncio.

— É você. Nora, você foi indicada pra um Oscar.

— E Leo?

— Foi indicado pra melhor ator. Naomi foi desprezada. Martin foi indicado, e a trilha sonora também, da qual, pra ser sincera, nem me lembro.

— Uau.

— É, isso é muito grande pra gente, Nora. Grande. É melhor você começar a escrever.

— Posso ligar pra você depois? – pergunto, já desligando.

O sol está nascendo, e quero me concentrar nele. O mesmo alvorecer está levemente diferente porque fui indicada para um Oscar.

Minhas mãos estão escrevendo para Leo.

Eu: Parabéns.

A resposta vem de imediato:

Leo: Pra você também. O sol já nasceu?

Eu: Quase.

Leo: Manda uma foto?

Eu mando.

Leo: O que é isso?

Eu: Se chama janeiro. Não tem isso em Los Angeles?

Leo: Estou em Nova York.

Congelo com sua proximidade. Eu o imaginava em Los Angeles, pois admito que de vez em quando penso nele. Não me ocorreu que Leo estava a apenas noventa minutos de distância. *Quer passar aqui?*, quero digitar, mas não faço isso.

Acho que a conversa acabou, pois não consigo pensar em uma resposta, mas vejo que ele está digitando.

E aí, o que você tem feito?

As respostas poderiam ser várias. Sendo mãe? Tirando neve do caminho? Fazendo bolo de carne? Tentando não pensar em você?

Basicamente vendendo sofrimento, digo por fim.

Rá. Acho que você me deve uma parte.

Reformei minha cozinha.

Ah.

Foi grosseiro você ter me mandado todo aquele dinheiro, espero que você saiba que eu o devolvi. Não sei de onde essas palavras estão vindo, mas aparentemente preciso tirar isso do meu peito.

Eu só tentei fazer parecer que eu era um inquilino

Você era meu amante.

Sem brincadeira, achei que estivesse te protegendo.

Ok tenho que ir. Estou empolgada pra contar às crianças.

Certo, então acho que te vejo lá.

Onde

No Oscar, Nora.

Preciso acordar meus filhos. É segunda-feira e estou sentada na varanda há tempo demais. Primeiro, escrevi para Leo, depois para meus pais, Penny e Kate. Minha amiga vai me levar para almoçar para comemorarmos a indicação e também para repassarmos essa conversa de texto à procura de lógica.

Bernadette grita quando lhe conto. Ela solta um verdadeiro berro agudo de garotinha. Arthur se joga para um abraço.

— Mãe, sabia que isso ia acontecer. Sabia que você era capaz.

— Imagino você de lilás – Bernadette diz –, de bronzeado artificial e umas luzes.

— Está tentando me transformar numa Barbie escritora?

As panquecas de comemoração são seguidas por uma carona comemorativa e uma corrida celebrativa. Encontro Kate no café. Ela me espera com duas taças de champanhe.

— Não consigo acreditar.

— Eu também não.

Brindamos e damos risada.

— Então o que ele disse?

Eu lhe entrego o celular.

— Protegê-la do quê?

— Não tenho ideia. – Cutuco minha salada Cobb. – Tipo, será que ele estava querendo me proteger de as pessoas descobrirem que estávamos transando? Escrevi um filme sobre isso, pelo amor de Deus. O que me importa?

— Eu contaria pra todo mundo – Kate diz.

– Não consigo decidir se me concentro no momento mais empolgante da minha carreira, talvez até da vida. Ou no fato de que eu vou vê-lo.

– Eu estaria concentrada em vê-lo – ela fala, espetando um camarão. – Embora você precise se preparar emocionalmente pra não surtar como na última vez.

– É diferente. Na última vez, fiquei apavorada que ele se virasse, me visse e sentisse pena de mim. Agora que Leo parece maluco de raiva de mim, eu me sinto fodona.

– Talvez você o tenha deixado na verdade, mas depois apagou.

– Não foi isso, embora eu goste da ideia – digo.

De volta ao carro, vejo uma série de mensagens em letras maiúsculas de Weezie. Para resumir, ela está muito feliz por mim, e se ainda não comecei a escolher o vestido, já estou atrasada.

Fico agoniada pensando em quem vou levar comigo. A resposta mais simples é ir sozinha, mas e se eu ganhar e tiver estranhos ao meu lado? Quem eu abraço? Claro que não vou ganhar, mas preciso estar preparada. A vida toda, tenho um sonho recorrente no qual estou prestes a fazer um discurso que espero há muito tempo, mas esqueci de preparar qualquer coisa. No Oscar, me disseram que terei trinta segundos, sendo que vinte e cinco já seriam demais. Resolvo decorar três frases para não ter de recorrer a anotações. Sempre questionei atores que agradecem seis pessoas e precisam olhar para uma ficha para se lembrar de seus nomes.

Ligo para Jackie para falar sobre a minha dúvida sobre quem levar, e ela liga para Martin. Aparentemente, também é seu primeiro contato com o Oscar. Martin e Candy estão separados, então eu poderia ir com ele. Ele acha que é melhor para o filme não diluir nosso bloco de assentos com acompanhantes.

– Leo e Naomi vão juntos – ela me conta.

Evidentemente.

Meus pais querem ir, o que parece complicar as coisas, mas é divertido ver os dois tão empolgados. Martin diz que pode conseguir ingressos e um convite para a festa da *Vanity Fair* para eles. Penny marca hora na Bergdorf Goodman para eu experimentar vestidos. Meu pai compra um *smoking* novo. De repente, parece que estou me casando, e resisto à vontade de me lembrar do meu verdadeiro casamento com Ben e imaginar que estou viajando para me casar com Leo.

O nome da mulher dos vestidos é Olympia, e ela acompanha minha mãe, minha irmã e eu até um grande provador e nos oferece champanhe. Bernadette está na escola, provavelmente lívida por estar perdendo isso. Olympia traz quatro vestidos pretos para minha mãe antes de aceitar o fato de ela vive colorida como Tecnicolor.

— Tenho quase 70 anos e nunca fui à Califórnia — minha mãe lhe diz. — Esse é o maior momento da minha vida. Quero estar de amarelo, como limões no pé.

Penny e eu sorrimos uma para a outra, porque minha mãe é adorável. Não sei o que a Pantone está dizendo sobre a cor do ano, mas não deve haver uma grande variedade de vestidos amarelos para mulheres de uma certa idade.

Olympia está empolgada.

— Ah, sim! Estava com medo de você ser tediosa. Já volto. Nora, e você?

— Minha filha quer que eu vá de lilás — digo. — Mas estou aberta a sugestões.

Olympia bate palmas.

Quando ela se vai, Penny fala:

— Estou pensando demais no vestido. Eu sei. Só quero que Leo olhe pra você e caia morto de arrependimento. Quero que ele congele e chore. É demais pedir isso?

– Provavelmente – digo.

– Tipo, imagino você em um vestido dourado e justo que não deixe nada pra imaginação. E que faça o queixo dele cair no chão. E tudo isso diante das câmeras.

Minha mãe está rindo.

– Penny, não sei como nunca aconteceu de você ser a escritora romântica.

– Também já pensei sobre isso – digo, o que é o maior eufemismo de todos. – E a última coisa que quero é me colocar em uma competição de beleza com Naomi. Não acho que Leo se apaixonaria de novo por mim só porque estou bonita. Ele não é esse tipo de pessoa, e eu não me interessaria por ele se fosse. Essa é a verdade dolorosa. Só quero ser eu mesma e me sentir confortável pra desfrutar da coisa toda.

Penny dá um suspiro.

– Está bem. Pode ser você mesma, mas vamos dar um jeito em você.

Minha mãe acaba escolhendo um vestido amarelo-canário de *chiffon* com grandes mangas bufantes. Está a cara da velha Hollywood, glamourosa e despojada. A última vez que fiquei tão animada assim foi quando recebi o telefonema.

Por sorte, eles têm um vestido lilás, e eu por acaso o adoro. Ele tem um decote largo e quadrado que mostra minhas clavículas (tome essa, Leo) e cai em um crepe pesado até o chão. Ele se encaixa, não se estica, não se agarra. É completamente confortável. Quando o visto, minha mãe diz:

– É esse. Gosto de como você está se sentindo nele.

Na semana anterior ao evento, enquanto comemos meu bolo de carne, Bernadette me faz um milhão de perguntas. Já respondi a maioria. Vai ter comida? E se eu ficar com frio? Quem vai me levar até a festa depois? Eu treinei subir as escadas com o sapato?

Arthur está silencioso.

– Está preocupado, filho? Não espero ganhar, só acho que vai ser divertido me arrumar toda e aparecer na TV.

– Leo vai com alguém?

– Com Naomi Sanches, que estrelou o filme com ele.

Não sei por que falo desse jeito, como se Arthur fosse ficar aborrecido por ela ser sua namorada.

– Aposto que ele gostava mais de ficar com você do que com ela.

Bernadette e eu olhamos para ele com surpresa. Não falamos mais sobre isso, mas parece que Arthur estava guardando seus sentimentos há algum tempo.

– Bom, quem não gostaria? – falo, e sou recompensada com um sorriso.

– Pobre Naomi – Bernadette brinca.

– Ela é digna de pena mesmo – comento.

CAPÍTULO 21

❧

É FINAL DE FEVEREIRO E ACORDO NO HOTEL BEVERLY HILLS porque fui indicada ao Oscar, digo a mim mesma. Vou até a varanda para verificar se dá para ver o nascer do sol, mas não dá. Los Angeles parece se centrar inteiramente em torno do pôr do sol. Preparo uma xícara de café e olho para o topo das árvores.

Estou feliz, penso. Sempre que tento listar as coisas pelas quais sou grata, minha saúde, meus filhos e o alvorecer ficam no topo. Se incluir minha casa também, não tenho nada do que reclamar. Mesmo quando Ben estava aqui me perturbando por eu me vender e escrever filmes românticos ruins, eu me sentia grata pelo meu trabalho. Quero dizer, alguém tinha que se vender, já que não se pode entrar no Stop n' Save e trocar grandes ideias por um frango.

Mas isso... Escrever um roteiro que é essencialmente a minha verdade, ou pelo menos que representa o que penso sobre ela, e conseguir que ele fosse produzido e depois apreciado é quase demais para mim. E se as pessoas gostarem de *O nascer do sol*? E se esse fosse meu novo normal, mostrar meu coração para as pessoas e receber aplausos?

Quanto a meu coração, está tudo bem. Já li essa frase um milhão de vezes, aquela que fala sobre saber quando desapegar de coisas que não foram feitas para você. Leo não foi feito para mim. Quero dizer, olhe bem para ele. Tivemos nosso momento e foi perfeito. Posso apenas deixar assim? Encapsular a lembrança e protegê-la? De qualquer forma, talvez isso tudo tenha sido apenas um sonho. Honestamente, se os lençóis dele não estivessem na cama do quarto de hóspedes de Kate, eu poderia realmente pensar que tinha inventado tudo.

Saio para correr na parte plana de Beverly Hills e depois encontro meus pais no In-N-Out Burger para almoçar. Quero ter comida de verdade no meu estômago esta noite, quero me sentir sólida.

— Espero que sua fada madrinha esteja trazendo reforços — meu pai brinca enquanto limpo a gordura do meu rosto com o último guardanapo. Estou usando meu jeans mais confortável e um suéter muito gasto.

— Charlie! — minha mãe o repreende, rindo.

— Acha que vou ter alguma chance de conhecer esse tal de Leo? — meu pai pergunta.

— Talvez. Mas, se isso acontecer, só finja que ele é qualquer um, como se isso nunca tivesse acontecido. Sem nenhuma pergunta. Sem insinuações.

— Ah, tenho perguntas, sim. Idiota.

A coisa parece mesmo imprevisível.

— Pai, vamos só agir como se ele fosse alguém que apareceu pra celebrar minha grande noite. Não estamos com raiva. Não estamos intimidados. Somos apenas pessoas felizes e normais que seguiram em frente.

— Não sou um ator, querida.

O esquadrão do glamour aparece no meu quarto para fazer escova no meu cabelo e cachear as pontas, de modo que pareça que não mexi em nada e que meu cabelo natural é assim. Era isso o que eu queria.

Alguém aparece com uma tenda de bronzeamento com spray.

– Weezie me mandou – a mulher diz.

Eu lhe dou uma gorjeta e a mando embora. Essa é a minha cor, infelizmente. Falo para a maquiadora que não me sinto confortável de maquiagem e que ela precisa pegar leve.

– Todas dizem isso – ela comenta.

– Mas estou falando sério.

Ela revira os olhos.

– Você tem que parecer uma *stripper* barata na vida real pra não parecer um cadáver diante das câmeras. Pode só confiar em mim?

De jeito nenhum.

– Claro – respondo.

Meu vestido está pendurado atrás da porta do banheiro. Adoro esse vestido. Escolhi lilás para agradar Bernadette e também para não parecer aberta demais. Esse vestido é simples, nada chamativo, mas faz eu me sentir bonita do meu próprio jeito. Os sapatos são aqueles prateados e elegantes que usei na estreia quando dei uma de Cinderela e fui embora.

Fico pronta, e me sinto pronta. Martin vem me buscar, e tudo o que preciso fazer é levar meu corpo até o saguão. Esse não é o meu mundo, e eu certamente poderia encolher diante da magnitude de tudo isso, mas fico repetindo para mim mesma: "Fui indicada". Não é como se eu fosse uma convidada – essa festa é para mim.

Martin desce da limusine para me ajudar a entrar no carro.

– Ora, veja quem saiu do mato.

– Eu – digo, e lhe dou um beijo no rosto.

Quando estamos instalados e já alisei meu vestido várias vezes, falo:

– Como você acha que vamos nos sair esta noite?

– Não há como saber. *Irmãs em tempos de guerra* pode nos derrubar. Ou não. Mas não importa quem ganhar, sempre vão se referir a nós como vencedores do Oscar. Mesmo que o vencedor seja apenas aquela trilha sonora sem graça.

Olho pela janela.

– Você estava apaixonada por ele?

– Estava – digo depois de algum tempo. Abro um sorriso. – Agora estou bem.

Ficamos em silêncio e depois eu pergunto:

– Naomi sabe?

– Acho que não. Mas depois de *O nascer do sol* ela vai saber.

Como nunca pensei nisso? Será que vou causar um problema para eles? Decido que não importa, que ele merece. Pelo menos, ela não foi escolhida para o papel. Sou grata por não ter que assistir à grande história de amor da minha vida sendo interpretada pelo grande amor da vida dele no papel principal.

Estamos aqui. Martin sabe que isso é mais prejudicial para os meus nervos do que para os dele. Ele pega minha mão.

– Vou descer primeiro e depois a ajudo a sair. As pessoas vão tirar fotos, então mantenha os ombros para trás e abra um leve sorriso de Mona Lisa. Se o sorriso for verdadeiro, você vai parecer o Coringa nos jornais.

Infelizmente, isso me faz abrir um sorriso verdadeiro. Eu tento me conter.

Caminhar pelo tapete vermelho é exatamente o que se esperaria. Tenho certeza de que assisti às últimas trinta e cinco cerimônias do Oscar na TV, e não há surpresas. Os fãs parecem saber quem é Martin, e imagino que pensem que estou saindo com ele. Há uma aglomeração onde alguns de nós devíamos esperar para conversar com quem quer que tenha substituído Joan Rivers. Não consigo me lembrar quem estou vestindo, e espero que não me perguntem.

Sinto uma mão no cotovelo e sei que é Leo. Eu me viro, feliz por ter optado pelos sapatos de salto agulha e pelas minhas clavículas estarem expostas.

– Oi – consigo dizer.

– Você está bonita – ele fala.

– Obrigada. É o efeito especial.

Aponto para o vestido, o cabelo e a bolsinha minúscula. Qualquer coisa para quebrar a tensão desse momento, porque se continuar fazendo contato visual, vou começar a chorar.

Martin se coloca ao meu lado, todo protetor.

– É a acompanhante mais bonita que eu já trouxe pra um evento, não é, Leo?

– Cuidado – ele diz. – Ela vai partir seu coração.

E de repente, compreendo a fúria. Entendo por que as pessoas ateiam fogo e dão socos na cara com soqueiras de ferro. Cerro os punhos e procuro as palavras certas em meio à raiva quando Naomi se aproxima e me interrompe. Ela parece etérea em seu vestido de seda branco. Eu me pergunto se ela está ou não usando roupas íntimas. Estou cem por cento certa de que não comeu hambúrguer no almoço.

– Nora!

Naomi beija o ar perto do meu rosto não porque seja falsa, porque acho que ela não é, mas porque a situação da maquiagem é muito intensa.

– Você está absolutamente deslumbrante – falo. Voltei a pensar positivo, e sinceramente, o que mais eu posso fazer? A mulher está brilhando.

– Bem, boa sorte – ela diz para Martin e para mim, segurando o braço de Leo. – Boa sorte pra todos nós, acho.

A assistente do canal E! se aproxima para entrevistar Leo e Naomi rapidamente. Leo lhe dá toda a atenção e um breve olhar sensual. Ela fica vermelha e começa a falar com o triplo da velocidade normal.

– Está bem, está bem, venham por aqui, vocês dois estavam ótimos naquele filme, está bem, está bem...

Leo se vira e tem a absoluta audácia de piscar para mim.

Meu prêmio é anunciado logo no início, porque ninguém se importa de verdade com a categoria roteiro. Fico satisfeita por resolvermos logo isso, assim não preciso ficar nervosa durante o resto do evento. Não estou nervosa para ganhar e subir no palco, administrei minhas expectativas. Estou nervosa porque mostram os indicados na TV ao anunciá-los e depois os mostram novamente quando anunciam o vencedor. Não consegui decidir que expressão assumir. Sorriso de Mona Lisa? Alegria? Quando pronunciarem o nome de Barry Stern como vencedor (é quem eu escolheria), devo assentir e aplaudir? Acho que seria o que Meryl Streep faria. Assentir e aplaudir. Essa é a saída elegante.

Martin e eu estamos no corredor, na segunda fila. No episódio de hoje – o novo inferno –, Leo e Naomi estão diretamente à nossa frente. Eles combinam, como se fossem o modelo de todos os bonecos de bolo de casamento no mundo todo. Devem estar naquela parte silenciosa do relacionamento, porque não conversam.

Peter Harper de *O nascer do sol* está anunciando a categoria. Seus assessores estão tentando colocá-lo em todos os lugares, antecipando o lançamento do filme mais para o fim do ano. Seu último trabalho, *Estilhaços*, uma produção sobre a Segunda Guerra Mundial, lhe rendeu muita atenção e um romance rápido com uma modelo de biquínis.

Ele surge de *smoking* e diz algumas palavras sobre a importância da história. Agora estou meio que embaixo d'água e não consigo ouvir nada.

– Os indicados são... – ele começa, e Martin me belisca, realmente me belisca. Viro para ele e vejo seu melhor sorriso de Mona Lisa, que eu imito, grata. Respiro fundo.

– E o Oscar vai para... Nora Hamilton, por *A casa de chá*.

Quando escuto isso, a Mona Lisa desaparece. Abro um sorriso que deve ser parecido com o sorriso de Bernadette, e só consigo imaginar meus filhos na casa de Penny pulando para cima e para baixo no sofá.

Estou sendo abraçada por Martin. Ele sussurra no meu ouvido:

– Você tem que subir lá agora.

Então eu faço isso. Essa parte não é o que eu imaginava da TV. Os degraus são traiçoeiros, mas sobrevivo a eles levantando o vestido e caminhando bem devagar. Peter Harper é pelo menos uns sete centímetros menor do que eu pensava e dá um beijo no meu rosto ao me entregar a estatueta. É pesada mesmo.

Estou no púlpito, diante de muito mais gente do que eu jamais sonhei. A contagem regressiva de trinta segundos começa, e esqueço as minhas três frases. Leo está na primeira fila e me dá um sorriso, um sorriso verdadeiro, e a surpresa me inspira.

Improviso:

– Estou realmente grata por ter tido a oportunidade de contar essa história. E estou mais grata ainda por ela ter sido recebida, acalentada e interpretada por pessoas tão talentosas. É maravilhoso falar a minha verdade e ser ouvida. Obrigada a todos.

Peter Harper coloca o braço na minha cintura e me conduz para fora do palco. Não agradeci a Martin nem gritei para os meus filhos nem mencionei a Academia. E agora entendo por que usam fichas.

Volto para o meu lugar durante o intervalo. Naomi me abraça e diz todas as coisas certas. Leo diz:

– Eu sabia.

E me dá seu sorriso verdadeiro outra vez.

– Não faça isso – falo depressa demais.

A orquestra começa a tocar e alguém surge para apresentar um número de dança. Sinto o celular crescendo em minha bolsinha. Sinto o peso dessa estatueta maravilhosa no colo. Vejo Leo sussurrar alguma coisa para Naomi e ela sorri. A vida é mesmo uma coleção de coisas diferentes.

Martin também ganha uma estatueta e me agradece por ter escrito uma história tão emocionante. Leo também ganha e diz:

– Eu gostaria de agradecer a Nora Hamilton por sua história e por nos deixar ficar além do esperado em sua casa de chá.

Isso me faz chorar e sei que ele vê. Pego um lenço de papel na bolsa, mais para proteger a maquiagem que meu orgulho. *Você era bem-vindo*, quero lhe dizer. *Eu poderia até ter te deixado dormir dentro de casa.*

Quando tudo termina, posamos para fotos. Eles querem Martin, Leo e eu com nossos prêmios contra o fundo de logomarcas.

– Pode chegar um pouco mais perto, sr. Vance? – o fotógrafo pergunta. – Talvez passar o braço em torno dela?

Ele coloca o braço na minha cintura, em vez de nos ombros, e me puxa para si. Sou pega de surpresa e me viro para olhar para ele. O *flash* brilha, e acho que essa é a foto que vai ser publicada em todos os veículos da imprensa: a que olho para Leo como se ele fosse o rei do baile.

CAPÍTULO 22

❧

NA FESTA DA *VANITY FAIR*, EU MEIO QUE FICO FLUTUANDO. O Oscar que estou carregando grita: "Falem comigo! É importante que vocês me conheçam!". Sou apresentada a diretores, produtores e atores aos quais passei décadas assistindo. Bebo e como de bandejas que passam enquanto as pessoas se revezam segurando meu prêmio. Meu nome acabou de ser gravado nele, então imagino que vá voltar para mim. Fico de olho, só por garantia.

Não encontro Leo e tento não procurá-lo. Ou melhor, digo a mim mesma que estou procurando meus pais enquanto estou procurando por ele. Circulo com Martin, conhecendo todo mundo que ele quer que eu conheça. Eu me sinto confortável de um jeito que não podia imaginar; ganhar me deixou mais ousada. Não há nada que possa fazer para tirar o sorriso do meu rosto enquanto as pessoas me parabenizam e eu bebo champanhe.

– Olá. Obrigada. É um prazer conhecê-lo.

Estou adorando esta noite.

Martin quer que eu conheça alguém chamada Kayla, que parece não ter idade suficiente nem para ser babá.

– Essa aqui – ele fala para mim – é minha próxima grande estrela.

Kayla ri, eu termino meu copo, e então tenho uma razão para me afastar.

Estou esperando no bar quando minha mente começa a me pregar peças. Eu me pergunto quantas taças de champanhe bebi. Leo está parado ao meu lado.

– Você deve ser a Nora – ele diz, o que não faz sentido. Esse Leo é um pouco mais alto e tem o cabelo mais curto. – Sou Luke Vance. O irmão de Leo.

– Por um segundo, achei que estivesse bêbada – digo, porque meu filtro não está funcionando. – Quero dizer, vocês se parecem muito mesmo. Uau.

Aperto sua mão.

– Parabéns – ele fala. – Vocês arrasaram esta noite. Aplaudimos vocês dos piores lugares.

– Obrigada. Ainda não consigo acreditar.

Tem algo de ordinário em Luke, o que acho agradável. É como se ele tivesse ido ao Costco. Ele é tão bonito quanto Leo, mas não parece esperar que ninguém perceba isso. E tem o mesmo jeito do irmão de olhar para você com toda a sua atenção, o que acho levemente doloroso. Será que eles pegaram isso dos pais?

– Sinto muito pela sua mãe – eu digo.

Ele é pego de surpresa, e resolvo não terminar essa taça.

– Obrigado. Leo nunca fala sobre isso. Acho que eu não devia me surpreender por ele ter lhe contado.

Uma mulher bonita de cabelo escuro corre até nós e dá o braço para Luke.

– Ah, não quero perder isso. Eu sou a Jenn. Estava louca pra conhecer você.

Ela está meio deslocada com sua normalidade, como se estivéssemos em um churrasco. Gosto dela imediatamente.

Ela me parabeniza, o que está ficando batido. Elogia meu vestido, o que não está nada batido.

– Você realmente o pegou. Luke e eu achávamos que isso nunca fosse acontecer. Todas aquelas jovens estrelas entrando e saindo ano após ano... e é uma mulher de verdade, uma mãe, que o acaba fisgando.

Luke está assentindo enquanto ela fala, como se esse fosse o assunto sobre o qual os dois estavam conversando no caminho. E também como se fosse um fato divertido, em vez de a coisa mais triste do mundo.

Um homem mais velho entrega a Jenn uma margarita antes de voltar seu sorriso para mim.

– Ah, aqui está ela. Sou William Vance, pai de Leo e Luke. Achei o filme ótimo, parabéns.

Percebo uma rachadura fina no meu coração quando olho para o pai dele. É como se estivesse olhando para o Leo do futuro, aquele com o qual eu não vou envelhecer. Ver seu pai também o torna mais completo, pois ele é um cara com um passado e um pai. Por um breve instante, eu desejo que seja responsabilizado pelas coisas que aconteceram.

– Vocês são tão bonitos. – Eu me escuto dizer quando apertamos as mãos.

William ri.

– Bem, obrigado. Luke e eu só somos bonitos por *hobby*. Apenas Leo ganha a vida com isso.

Luke e Jenn dão risada, e eu os imito. Essas são as pessoas mais fáceis que já conheci. Eles são centrados e abertos, como as melhores partes do astro. E não acham que Leo pode lidar com doentes terminais.

Leo aparece e dá um abraço em cada um.

– Obrigado por virem. Estou vendo que conheceram Nora.

– Ela está à altura da sua descrição – Luke diz, e Leo se encolhe.

Ele está visivelmente desconfortável. Eu me pergunto se ele acha mesmo que vou repreendê-lo por me largar bem ali na frente de todo mundo. Acho que está claro que não sou o tipo de pessoa que repreende os outros.

As pessoas parecem se aproximar de nós enquanto fico ali parada olhando para aqueles irmãos, um que é Leo e um que não é. Devo parecer confusa, porque Luke ri e diz:

– Ele ficou bêbado no Dia de Ação de Graças e nos contou a história toda.

– Você contou?

Encaro Leo, mas ele não olha para mim.

– Talvez – Leo diz. – É difícil lembrar.

– No Dia de Ação de Graças – digo.

O que realmente quero dizer é: *Qual é a história toda? Você pode me explicar?*

– Leo levou uma garrafa de uísque e bebeu tudo. Foi a performance da sua vida – William comenta.

– Gostaria de ter visto isso – digo, principalmente para mim mesma.

– Parece bonito onde você mora – Jenn fala para mim.

– Certo, nossa, que bom que vocês estão aqui – Leo interrompe. – Mas não precisamos fazer isso. Está tudo bem. O que acontece no Dia de Ação de Graças fica no Dia de Ação de Graças, certo?

– Ensinei Leo a fazer compras no mercado – digo. – Fui uma espécie da vida normal, e ele se saiu muito bem.

Na verdade, tomei exatamente a quantidade de champanhe que me faz querer que isso continue.

Agora ele está lançando um olhar duro para mim.

– Por favor – ele implora.

Um borrão amarelo surge no canto do meu olho. Meus pais estão parados a poucos metros de distância, sem saber se podem se aproximar. A única coisa no mundo que podia deixar essa situação mais desconfortável seria Leo conhecer meus pais. Isso certamente não é como imaginei que as coisas fossem acontecer. Meu pai faz contato visual e chega mais perto, arrastando minha mãe consigo.

– Leo – ele diz, estendendo a mão de um jeito mais formal do que eu esperava. – Charlie Larson. Pai de Nora. – Há algo na forma como ele pronuncia a palavra "pai" que faz com que ela soe um tanto ameaçadora.

Leo está completamente constrangido, o que faz Luke sorrir.

– É um prazer conhecê-lo, senhor. E você é Marilyn? – Ele segura a mão da minha mãe entre as dele por um instante a mais que o necessário. – É um prazer conhecer vocês. Sou um grande fã dos seus netos.

– Estamos sabendo – meu pai fala.

Preciso acabar com isso.

Eu os apresento para Luke, Jenn e William. Então olho para minha mãe, desejando que ela preencha o espaço. Ela entende.

– Bom, essa foi a noite mais empolgante de toda a minha vida. Minha filha ganhou um Oscar e falou tão lindamente. Você estava muito bonita mesmo lá em cima, querida. Daí eu saio do banheiro e esbarro com Dirk Richardson! Ele estava ali parado, como se estivesse esperando por mim. Não sei o que me deu, mas eu disse: "Dirk, sou Marilyn", porque vi todos os filmes dele e sinto que eu o conheço desde sempre. Ele pegou minha mão e disse: "Olá, Marilyn". Podem imaginar?

– E agora preciso encontrá-lo e acabar com ele – meu pai brinca.

Eles estão sorrindo um para o outro e posso sentir Leo olhando para mim. Não ouso olhar para ele, caso Leo ainda consiga ler minha mente. Meus pais são o final feliz do filme romântico. Meus pais são o que nós poderíamos ter sido se ele tivesse voltado.

— Martin queria conhecer vocês – falo para eles. – Vamos encontrá-lo antes que escape com alguma adolescente.

Todos trocam cumprimentos e despedidas. William me abraça com força. Quando saio com meus pais para procurar Martin, ou na verdade qualquer um, percebo que Leo e eu fomos os únicos que não se despediram. Acho que é uma coisa nossa.

É quase meia-noite e estou no banheiro, aliviada, porque a maior parte da maquiagem saiu. Estou cansada de todo aquele cabelo sobre os meus ombros e desejo ter um lápis para prendê-lo. Verifico o celular e vejo que todo mundo que conheço me escreveu, até Ben:

Devo ser um muso e tanto. Tenho que ver esse filme! Isso é o mais perto de "parabéns" que Ben vai chegar.

— Aí está você – Naomi diz, saindo de uma cabine. – Você deve estar se sentindo uma celebridade.

— Tenho que admitir que a sensação é muito boa. Não esperava por isso.

— Bom, era uma história forte. Acho que você ajudou muitas mulheres ao contá-la.

Ela está reaplicando batom, o que parece uma coisa normal de se fazer, por isso pego o meu também.

— Obrigada.

Isso é tudo o que eu devia dizer, mas estou um pouco aberta depois de tanto ver o Leo esta noite. Estou sensível de novo, e quero ouvir todos os fatos para poder lacrar meu coração.

— Então o que você e Leo vão fazer agora? Ficar em Los Angeles?

– Acho que Leo vai voltar pra Nova York, mas eu não sei. Eu vou pra França. Vou tirar um mês pra ler e comer coisas deliciosas.

Minha inveja é profunda, mas toda a situação pareceria melhor com Leo.

– Ele não quis ir?

– Quem?

– Leo.

Ela dá risada.

– Leo e eu não tomamos nem café juntos, que dirá passar um mês em retiro. Nenhum de nós sobreviveria. – Ela está passando pó no rosto e para. – Nora, você não está achando que Leo e eu somos um casal. Diga que não.

– Vocês não são?

– Foi só pra promover o filme. Se estão fofocando sobre a gente, estão falando sobre o filme. E essa é basicamente a introdução à Hollywood.

– Ah. – Pareço alguém que acabou de sair dos milharais do Kansas direto para o Hollywood Boulevard. – Mas vocês estavam juntos antes, certo?

– Só por um instante. Mas não foi nada. Olhe, Leo é superatraente, mas nós literalmente não temos nada sobre o que conversar. Enjoamos rápido.

Nós conversávamos sobre tudo, quero lhe dizer. Como isso é possível? Leo não tem nada a dizer para Naomi, mas consegue conversar comigo vinte e quatro horas por dia e recomeçar de manhã de onde parou. Meu coração não está adequadamente fechado, e estou começando a me sentir mal. A ideia de que tínhamos tanto sobre o que falar me arrasta de volta à crença de que tínhamos alguma coisa, que ele era feito para mim.

Ela está se despedindo. Está me abraçando. Quando estou sozinha no banheiro olhando para o meu reflexo maquiado demais, percebo que estou novamente magoada. Ele não estar com Naomi é uma ferida nova. Leo me deixar para voltar para ela obedece a todas as leis da natureza. Qualquer homem teria feito o mesmo. Mas me deixar só para não estar comigo faz com que tudo doa outra vez.

Encontro Martin um pouco bêbado conversando com outra jovem maravilhosa em uma mesa. Ele gesticula para que eu me sente do seu lado.

— Venha, tem lugar pra vocês duas.

Ah, minha nossa.

— Então Leo e Naomi não estão juntos? — eu me ouço dizer.

— Pssst. Ainda estamos vendendo essa coisa. Psst — ele diz com olhos de Hortelino Trocaletra, olhando para a esquerda, depois para a direita.

Preciso de ar e talvez de um biscoito. Um garçom passa com uma bandeja de cogumelos recheados e coloco quatro em um guardanapo. Vou até um terraço que dá para o salão principal, onde as pessoas ainda estão circulando, mas há espaço para respirar. Eu me sento ao lado de uma fonte começo a comer.

Meus pais voltaram para o hotel e levaram o Oscar com eles, então não preciso mais me preocupar com nenhum dos três. Acho que posso ir embora na hora que quiser. Preciso desembalar meus sentimentos e depois tornar a embalá-los de forma mais segura. Mas o ar está gostoso, está frio para Los Angeles, acho, e estou vivendo o meu grande momento. Escrevi um filme e ganhei um Oscar. Estou usando esse belo vestido e, depois que eu tirá-lo, não sei quando vou vesti-lo de novo. Só quero ficar sentada aqui e aproveitar um pouco mais.

— Você está bem?

É Leo.

Minha boca está cheia de cogumelos, então eu a cubro com o guardanapo sujo e murmuro:

– Claro.

– Parabéns, sério – ele diz. – Tudo bem se eu me sentar?

– Obrigada.

Eu assinto, e ele se senta bem ao meu lado, mas não perto o bastante para que nos toquemos. Meus olhos se dirigem para o espaço entre nós, como se fosse algo familiar, mas de outra vida.

– Isso é muito importante – ele fala.

– Sim. Pra você também.

– Na verdade, não. Não quero parecer pedante, mas o primeiro me pareceu muito mais importante. E não tenho como ficar empolgado com um prêmio que ganhei por agir como um imbecil. – Ele está irrequieto. – Ah, me desculpe.

– Tudo bem, foi assim que eu o escrevi.

– Certo. Então você está feliz? Há pouco tempo você disse que estava feliz.

– Estou. Meus filhos estão ótimos. Sou um grande sucesso.

Desvio o olhar, como se a resposta, ou algo melhor para dizer, pudesse estar do outro lado.

– Certo. Isso é o que importa.

Não é isso o que importa de jeito nenhum, penso.

– Não é isso o que importa de jeito nenhum – digo.

– Provavelmente não. Mas parecia certo.

– Você tem um lápis? – pergunto.

Ele leva a mão ao interior do paletó e me entrega uma caneta. Posso senti-lo me observando enquanto dou um nó no cabelo e o prendo com a caneta. Se eu pudesse ao menos lavar o rosto. Eu me viro para ele.

– Assim está melhor.

Ele não sorri. Alguma coisa o machuca, e fico satisfeita. Ele diz:

– Acho que quero que você saiba que o que tivemos foi a coisa mais importante que já aconteceu comigo. E estou feliz que tenha acontecido.

Olho em seus olhos enquanto penso sobre isso. É mesmo uma coisa legal de se ouvir, mas parece que ele está fazendo o discurso de rompimento que devia ter feito na primavera. Leo quer se eximir da responsabilidade e, para a minha surpresa, vejo que quero deixá-lo se eximir. Não quero que se sinta mal por ter me deixado, e meio que gosto da ideia de ele se lembrar das coisas como eu. Talvez existam momentos em que as pessoas se entendem e você pode fechá-las em seu próprio espaço enquanto segue em frente com sua vida. Talvez o que tivemos tenha sido um segredo guardado em um caderno que lhe faz refletir no seu aniversário. Sorrio com a ideia porque sei que a roubei de um filme.

– O que foi? – ele pergunta.

– Nada. Só odiei *As pontes de Madison*.

– É horrível.

– Todo aquele sofrimento por saudade.

– E ela guarda aquela mesa horrível de linóleo. – Estamos rindo um pouco. – Não vou abraçá-la – ele fala.

– Está bem.

– Acho que seria um pouco demais.

– O que é isso? O clube dos vencedores?

Martin aparece no terraço com três jovens.

Leo se levanta para ser apresentado. As garotas estão falando na voz mais aguda que já ouvi, literalmente esganiçadas de prazer. Leo assume sua persona pública graciosa para conversar com elas. Ainda estou sentada com o guardanapo sujo na mão, pensando que acabei de ser deixada por uma pessoa com quem saí dez meses atrás.

Foi galante da parte dele ter falado sobre isso, reconhecido que realmente significou alguma coisa? Talvez. Mas isso equilibrou a falta de consideração de não ter falado nisso por tanto tempo? Se éramos tão próximos quanto eu me lembro, se não imaginei a coisa toda, ele podia simplesmente ter falado: "Não vou voltar". Eu não pensava que ele se revelaria um covarde, entretanto aqui estamos nós.

Decido deixar as coisas como estão. Estamos em paz, Leo provavelmente não se sente mais culpado. E eu ouvi que nosso lance foi importante. Estou usando um vestido lindo e estou prestes a roubar sua caneta. Que venham os créditos.

– Vou embora – anuncio para Martin.

Ele me segura e me abraça e diz que está feliz por todos nós. Devo pegar sua limusine e mandá-la de volta para buscá-lo mais tarde.

Eu me viro para Leo e para as garotas e falo como se todos tivessem a mesma importância na minha vida:

– Bom, boa noite. Espero que todos vocês cheguem em casa em segurança.

E parece a segunda vez que venci esta noite.

Tenho certeza de que se puder voltar para o hotel, vestir meu pijama e lavar meu rosto, todos os mistérios da vida vão ficar claros para mim. São duas da manhã quando saio da banheira e vou para a cama, com o Oscar no travesseiro ao meu lado, cortesia de meus pais.

Esse tempo todo, Leo não estava com Naomi. Estava sozinho ou com uma dúzia de outras mulheres que ele decidiu serem melhores do que eu. Não é como se tivesse sido tomado por um grande amor, o cara apenas foi embora. Não fui suficiente para que ele voltasse. No mínimo, não fui prática. Pego no sono agarrada a três novas informações: (1) Leo ficou bêbado e contou à família sobre mim. (2) Leo não é um ótimo conversador; é ótimo conversando comigo. (3) Nosso caso foi importante para ele.

Acordo às dez horas com meus filhos no FaceTime.

– Você estava tão bonita, mamãe. Eu gostei de todas as coisas que você disse.

Não me lembro de nada do que disse, vou ter que procurar depois.

– Posso ver o troféu? – Arthur pergunta. Ele dá risada quando lhe mostro o Oscar na cama. Ele estuda meu rosto. – Você falou com Leo?

– Quase nada. Ele estava sentado bem na minha frente, mas havia um milhão de pessoas com quem conversar. Peter Harper não é tão alto quanto vocês imaginam.

Bernadette pega o telefone.

– Ah, meu Deus, mãe, Naomi estava tão bonita. Nós podemos fazer aquilo com meu cabelo?

Eles brigam um pouco, Arthur quer que ela cale a boca e lhe dê o telefone. Deito no travesseiro, desfrutando tanto do amor que sinto por essas crianças quanto do fato de eu poder desligar quando quiser.

– Querem ouvir uma coisa maluca? – digo. – Naomi e Leo nunca namoraram. Era tudo publicidade pro filme.

Não sei bem por que sinto necessidade de fofocar com meus filhos. É possível que eu só precise contar para alguém.

Os olhos de Bernadette se arregalam.

– Que espertinhos. Funcionou.

Arthur parece hesitante. Seu rosto ocupa metade da tela, e fico pensando na frequência com que consigo ler sua mente. Ele está rodando algo em seus processadores; quase posso ouvir o *clique clique clique*. Mas teve uma vez que tive certeza de que ele estava sofrendo *bullying* na escola quando, na verdade, ele estava apenas aborrecido porque eu sempre estourava a gema do ovo nos seus sanduíches.

– Gente, escutem. Digam a Penny que eu vou estar aí de noite. Vou direto do aeroporto e talvez possamos dormir juntos no quarto de hóspedes. Vocês, eu e Oscar.

Eles dão vivas antes de voltarem a brigar.

CAPÍTULO 23

FAZ VINTE E QUATRO HORAS QUE ESTOU EM LAUREL RIDGE quando a merda atinge o ventilador. Olhando para trás, percebi que tinha algo errado com Arthur. Tentei incentivá-lo a falar sobre seus sentimentos, mas não o suficiente. Passei tanto tempo sofrendo que não estava disposta a dar espaço para o que era tão óbvio. Não há nada mais vergonhoso do que esse conhecimento, porque ele lhe faz lembrar de que você pode ter fechados os olhos para coisas que não condizem com a realidade na qual está tentando acreditar. Foi a mesma coisa com Ben e Vicky Miller. Eu já sabia antes de achar a calcinha. Só não estava com vontade de saber.

Então, quando a escola me liga ao meio-dia para perguntar por que Arthur faltou hoje, eu sei e não sei. É a quarta-feira depois do Oscar. Deixei os dois na rotatória em frente à escola, como sempre. Falo isso para a mulher, e ela fica em silêncio. Imagino que isso não aconteça muito em nossa escola, o que explica terem ficado tão confortáveis para esperar até o meio-dia para telefonar. Confesso que não sei onde ele está, mas digo que vou ligar para ela de volta.

Mando uma mensagem para ele: Arthur? Me escreva. Demora um minuto inteiro até que ele responda: Estou bem, mãe. Só preciso fazer uma coisa. Não fique com raiva. Eu: Onde está você?

Silêncio.

Lembro-me de que posso rastrear seu telefone. Xingo meus dedos atrapalhados enquanto tento descobrir como. Finalmente, meu celular o encontra. Ele está no Harlem, e fico gelada ao me perguntar o que um menino de 11 anos pode estar fazendo tão longe de casa. Respiro fundo e rezo para enxergar com mais clareza. Verifico outra vez e vejo que meu filho está em um trem. Ele já passou da estação da Rua 125 e está seguindo para a última parada, o Terminal Grand Station.

Vou levar noventa minutos para chegar à cidade e tudo pode acontecer até lá. Ligo para Penny e ela não atende. Então ligo para Leo.

– Oi.

– Arthur desapareceu. – Começo a chorar. – Preciso de ajuda.

Leo é lúcido e resolutivo, enquanto eu estou em meio a uma forte névoa. Ele fala para eu ir para o seu apartamento. E me pede o *login* para que Weezie e ele possam localizar o celular de Arthur para ver aonde meu filho está. Devo ir para o seu apartamento e esperar.

Essas coisas fazem sentido. Agradeço várias vezes e vou para a cidade. Isso não parece uma fuga. O que é que Arthur precisava fazer? Será que está sofrendo *bullying*? Será que se juntou a uma gangue e tem que cumprir algum tipo de desafio? Será que isso, finalmente, tem a ver com pornografia?

Ligo para Kate do caminho e peço para ela buscar Bernadette depois da escola. Conto o pouco que sei e a oriento a inventar alguma coisa para a minha filha. Minhas reservas de adrenalina estão se esgotando e estou sem ideias.

Visualizo Artur escapando do parquinho da escola e indo até a estação de trem. Imagino-o comprando um bilhete no trem porque ele não tem cartão de crédito para usar o autoatendimento. Ele deve ter escolhido poltronas duplas e se sentado na janela, depois de reunir toda a sua coragem para o que quer que precise fazer. Penso que Ben está em Nova York, que Arthur o encontrou e vai confrontá-lo. Penso no pouco que fiz para ajudá-lo a lidar com seus sentimentos, passando por cima de tudo o que aconteceu nos últimos dois anos. Problema que se autocorrige o cacete.

Meu telefone emite uma notificação. É Leo: Estou com ele. Vejo você no meu apartamento.

Choro as lágrimas de uma pessoa que perdeu tudo e teve tudo devolvido de forma natural. O alívio chega como ondas de verdade, e percebo que reduzi a velocidade para sessenta quilômetros por hora e as pessoas estão me ultrapassando. Ligo para Kate e choro mais até cruzar a Ponte Triborough.

Eu me ajeito da melhor maneira possível, mas não estou muito preocupada com meus olhos inchados e o nariz vermelho, um nariz que passei a última hora limpando na manga da minha blusa plebeia. Carole King gripada. Vou agarrar Arthur e cheirar seu cabelo. Vou olhar no fundo dos seus olhos lindos. E então vou matá-lo.

O elevador se abre, e vou entrando pela porta do apartamento sem bater. Arthur está no sofá com meu ex-namorado, e eles estão assistindo a *The Office*. Leo me dá um sorrisinho, já meu filho parece saber que está com sérios problemas.

— Desculpe, mãe — ele fala quando me sento ao seu lado e o envolvo em meus braços.

Seguro seu rosto em minhas mãos e sinto lágrimas escorrerem outra vez.

— Arthur, a gente pode resolver qualquer coisa. O que quer que seja, a gente pode resolver juntos. Tenho a impressão de que tem muita dor aí que ainda não começamos a discutir, e é culpa minha.

Sinto os olhos de Leo sobre mim.

– Onde você o encontrou? – pergunto.

– O sem-vergonha estava comprando uma rosquinha no Grand Central, escondido em plena vista.

Dou risada e abraço Arthur outra vez.

– Bom, obrigada – falo para Leo. – Minha irmã não estava atendendo e eu não sabia para quem mais ligar.

– Você sempre pode me ligar.

Ele desliga a TV e diz para Arthur:

– Está pronto pra contar? O que está acontecendo?

Arthur olha fixamente para as mãos. Toco seu queixo para tentar fazê-lo olhar para mim, mas ele não cede. Tenho certeza de que se trata de pornografia.

– Quer conversar comigo sozinho? Tipo, sem o Leo por perto? – pergunto.

– Não – ele responde. – Eu vim aqui pra contar pro Leo. Vocês vão me odiar.

Ele parece aterrorizado.

– Eu nunca poderia odiar você – Leo fala.

– Acho que nem tenho permissão pra fazer isso – eu digo.

Arthur respira fundo.

– Então, quando o papai foi embora, ele fez merda… – ele começa.

– Arthur – repreendo-o.

– Desculpe, mas fez.

– Fez. Continue – peço.

– E você agiu como se não fosse nada de mais, mas foi muito pra mim. Porque eu não tenho mais pai, tipo, nenhum, mas também foi ruim ele ter feito aquilo com você.

– Foi uma merda – concordo.

– Daí sempre que eu pensava nele voltando, acabava imaginando que ele nos encontraria perfeitamente bem, como se nem precisássemos dele. E ele ia se sentir um idiota. Penso muito nisso. Na gente bem sem o papai.

– O que é verdade, né? – pergunto. – Quero dizer, foi horrível, mas a gente tem uns aos outros e a vovó e o vovô. E nossos amigos.

– Deixe que ele fale – Leo diz.

Respiro fundo e Arthur continua:

– Quando Leo chegou, achei que seria incrível se papai aparecesse e encontrasse Leo ali no lugar dele. Eu gostava de pensar no papai chegando em casa e encontrando você e Leo na varanda superfelizes.

Isso dói. Posso sentir Leo me observando, mas não ouso olhá-lo nos olhos.

– E era assim que você queria se vingar do seu pai?

– Sei lá. Eu só gostava da ideia de ele indo embora de novo sabendo que a gente não queria ele. É, acho que estava querendo me vingar.

– Faz sentido, querido. E acho que sonhar acordado e falar sobre as coisas são um bom jeito de processar a raiva. Eu costumo escrever e criar um mundo que eu possa controlar por algum tempo. Mas espere, por que você veio pra cidade?

– Pra ver o Leo.

– Porque você queria falar isso pra ele?

– Porque quando ele nos deixou, tudo doeu de novo. Eu nem estava ligando tanto pra peça, foi mais porque ele foi embora como se a gente não importasse.

Não há nada que eu possa fazer para esconder minha mágoa de Leo. Meu filho está expressando a parte mais profunda da minha dor, aumentando-a de forma exponencial. O hábito me diz para evitar a humilhação, para minimizar a coisa toda. Mas Arthur está aqui sofrendo, e parece desrespeitoso com meu filho mentir sobre o meu próprio sofrimento.

– Eu também me senti assim. Você veio aqui dizer isso pra ele? Isso é muito corajoso.

– Não. Lá vai. Na noite da peça, Leo me escreveu pra saber como tinha sido. E eu arrasei – ele fala para Leo. – Eu mandei muito bem mesmo. Enfim, eu estava com raiva dele por ele ter nos deixado, então contei pro Leo que meu pai tinha voltado quando a cortina se abriu e que vocês dois estavam juntos de novo, muito felizes.

Fico atônita. Estou olhando fixamente para Arthur, que ainda tem palavras saindo de sua boca. Leo está em silêncio.

– Desculpe – Arthur encerra.

– Então... esse tempo todo você achou que o Ben tinha voltado? – pergunto para Leo.

– Desculpe – Arthur repete.

Leo fica de pé e leva as mãos à cabeça, como se estivesse tentando não machucar ninguém.

– Isso é a porra de uma piada?

– Eu estava com raiva de você – Arthur fala baixinho.

– Bom, você partiu meu coração, amigão – Leo diz.

– Ah – é tudo o que consigo dizer.

Enfim tudo está se encaixando: o silêncio, a hostilidade. Ele achou mesmo que Ben tinha voltado. E a última peça é: o coração de Leo também estava partido.

Tomo Arthur nos braços, porque sei que ele está sofrendo muito. Sinto uma paz que me surpreende, como a que reina no silêncio absoluto que se segue a uma explosão. É um supersilêncio, mais silencioso que tudo o que veio antes. Eu sei onde Arthur está. Sei por que está abalado. Não imaginado essa coisa entre Leo e eu. Ele não é um monstro.

– Eu ia voltar – Leo está dizendo para Arthur, não para mim. – Não sei como poderia ter deixado mais claro. Sei que fui embora às pressas, é assim que minha vida é. Só porque seu pai é um imbecil, não significa que eu também sou. E sabe de uma coisa? Só porque ele machucou você, não significava que precisava me machucar.

Leo está sentindo uma raiva legítima, e abraço o meu filho com mais força.

Ele se afasta de mim e encara Leo. Sinto que não estou envolvida, como se os dois estivessem discutindo o fim de seu relacionamento, e eu estivesse aqui apenas para dar apoio moral.

— Leo, me desculpe. Acho que minha mãe amava você e eu só estava tentando protegê-la. Eu não devia ter mentido.

Ele está sentado ereto, olhando Leo nos olhos.

— E eu reconheço o que fiz.

Leo fica de pé por um tempo, em silêncio.

— É verdade. Mas sinto como se você tivesse acabado de passar toda a minha vida por um moedor de carne. — Ele sai andando na direção da cozinha. — Talvez vocês devessem ir embora.

CAPÍTULO 24

SINTO-ME MAL POR ARTHUR TER QUE FICAR PRESO NO CARRO comigo durante os noventa minutos da viagem até em casa. Tenho muitas coisas de mãe para falar sobre seus sentimentos e o que acontece quando você dirige sua raiva para o alvo errado. Conversamos sobre a verdade e como ela é preciosa, e sobre mentiras e como elas podem se espalhar e tomar sua vida. Também tenho muito o que dizer sobre seu pai, que provavelmente devia ter dito antes.

— Você sabe que a partida do seu pai não teve nada a ver com você, não sabe?

Não sei como foi possível eu ter levado dois anos para deixar isso claro.

— Eu podia ser melhor no beisebol — ele fala para a janela.

— Você podia ser o próprio Derek Jeter, e seu pai ainda teria ido embora. Ele ama você e Bernie, mas não sabe como amar a própria vida. Você é bom o bastante, Arthur. O problema é que seu pai não acha que ele é.

Arthur ainda está olhando pela janela, e sei que não estou sendo totalmente honesta.

– Quando seu pai e eu estávamos casados, eu meio que me sentia como você. Achei que se eu fizesse tudo perfeito, a gente seria feliz.

– Mas você é perfeita, mãe.

– Sou mesmo? – pergunto, e damos risada. – O amor não é uma coisa que precisa ser conquistada. Seu pai foi embora por causa dele mesmo, não da gente.

Arthur chora um pouco, diz que sente muito. Falo sobre a beleza de dizer a verdade e dar e receber perdão. É muita conversa, tanta conversa que não há espaço para um segundo conjunto de pensamentos que querem ganhar espaço: Leo ia voltar. Seu coração se partiu. Afasto tudo isso como se fossem palavras cruzadas de quarta-feira ou um saco de *pretzels* de chocolate. Vou desfrutar deles quando estiver sozinha.

Pegamos Bernadette na casa de Kate, e eu prometo escrever para ela mais tarde com os detalhes. Vamos para casa, começamos o dever de casa, eu faço bolo de carne. Lemos um capítulo de *Harry Potter* e faço questão que todo mundo durma na própria cama.

Depois de limpar a cozinha e trancar as portas, eu me sirvo uma taça de vinho. É como se eu tivesse que revisar os últimos dez meses com uma nova lente. Leo achou que eu tivesse voltado com Ben, que meus filhos tinham sua família de volta. Ele achou que Ben tinha voltado e meus sentimentos tinham mudado. Ele até me mandou dinheiro para fazer com que parecesse que ele tinha sido só um inquilino naquelas noites extras.

Seguro o celular como se ele estivesse pulsando. Leo, a essa altura, devia ter escrito: Nossa, que loucura. Essas crianças! Não é? Mas não, ele está mesmo aborrecido, e não tem mensagem nenhuma. Talvez tenha se passado tempo demais. Talvez nesse tempo Leo tenha se apaixonado por outra pessoa. Não seria um grande exercício de imaginação.

Digito uma dúzia de mensagens e as apago. Sinto que eu devia estar me desculpando, porque Arthur é uma ramificação minha. Se eu fosse uma mãe melhor, talvez ele tivesse conseguido trabalhar toda essa raiva. Se tivesse sido menos reservada, talvez eu não tivesse deixado Leo ir embora com tanta facilidade. Afinal de contas, poderia ter deixado uma mensagem de voz. Se ele soubesse que eu estava desmoronando, saberia que era tudo mentira.

Tomo um susto com a notificação de uma mensagem. Tem alguma coisa que você quer dizer? Faz 20 minutos que estou vendo balões de texto aparecerem e desaparecerem.

Bem, isso é constrangedor. Eu: Acho que na verdade não sei o que dizer. Sinto muito que isso tenha acontecido.

Leo: A coisa toda?

Eu: Não, só o final.

Leo: Estou viajando para a Nova Zelândia amanhã pra passar três meses. Quem sabe a gente não conversa quando eu voltar.

Eu: Está bem.

E é isso. Fico com o celular na mão por um tempo esperando mais, mas não tem mais nada. Na verdade, está tudo bem. Termino o vinho e olho para a noite escura de fevereiro pelas janelas do solário. A casa de chá está invisível esta noite, mas sei que ela está ali.

De manhã, eu me mantenho cautelosa. Há uma nova realidade em potencial, e quero deixá-la incubar. Se eu abrir totalmente meu coração, com certeza desaparecerá. Tenho muitas evidências sugerindo que isso pode acontecer. Decido não contar aos meus pais. Decido não contar a Penny. Resolvo guardá-la como um biscoito da sorte que diz: "Uma coisa boa pode acontecer".

Vou cuidar de Arthur e dar atenção a Bernadette para ver se ela está acalentando esse tipo de mágoa e raiva. O lance da minha filha é que ela na verdade não acalenta nada. Bernie sente, bota para fora e segue em frente. Com ela, a explosão acontece em tempo real. Desço a escada e visto meu casaco mais pesado enquanto o café está sendo preparado. De algum modo, o alvorecer de fevereiro é mais rápido, como se talvez o sol soubesse que não tem muito tempo para fazer seu trabalho.

Saio para a varanda quando a alvorada já está pela metade, e ali em meu balanço vejo Leo. Ele está de casaco e gorro de lã, com uma garrafa térmica e uma caneca de café quente.

— Bom dia — ele diz.

Eu me sento ao seu lado, sem saber a que distância devo ficar.

— Você deve estar congelando.

— Estou.

— Você não devia estar indo pra Nova Zelândia?

— Vou partir em breve. Só achei que talvez pudéssemos fazer isso antes de eu partir.

Ele está olhando para o nascer do sol, não para mim, então faço o mesmo. Observamos o cinza se transformando em rosa e depois em azul profundo.

Ele se vira para mim.

— Então quer dizer que esse tempo todo você tem se sentado aqui sozinha de manhã?

— Sim.

— E eu passei minhas manhãs visualizando você aqui com Ben. Ele no meu lugar, dizendo idiotices sobre coisas que nunca vai fazer. Diminuindo você. Na sua cama. Fiquei com muita raiva.

— Achei que você estava só fazendo *ghosting*.

Estou olhando para as minhas mãos sobre a calça do pijama de flanela ruim com cores demais. Dobro o tecido para esconder duas manchas de mostarda.

— Nora. — Ele volta todo o corpo para mim, exasperado. — Como você pôde pensar isso, considerando tudo o que sabe sobre mim? Significaria que tudo o que tivemos era mentira.

Não olho para ele. Tenho medo do que Leo vai ver se olhar nos meus olhos. Assinto.

– Essa foi a pior parte. Em determinado momento, eu meio que achei que tinha imaginado tudo.

Ele se vira para as árvores de novo e ficamos em silêncio por um tempo. Não há muitos pássaros, mas alguns cardeais bem-dispostos voam por ali, pousando em galhos sem folhas. Tudo o que eu queria lhe dizer enquanto estávamos separados não faz mais nenhum sentido. Todas as histórias que criei para responder à pergunta "Por quê?" são agora irrelevantes.

Então a ficha realmente cai.

– Você acreditou de verdade que eu tinha aceitado Ben de volta? Estava sequer me ouvindo? Você viu o filme. Eca.

– Eu sei. Passei a noite inteira lutando contra isso. Mas acho que quando você ama uma criança de 10 anos e ela lhe conta uma coisa, você acredita. E vocês quatro eram uma família, se seus filhos pudessem ter isso de volta, eu nunca me colocaria no meio.

Leo pega minha mão de leve. Ele toca a ponta dos dedos nos meus, e ficamos olhando fixamente para eles. Não é nada e é tudo, nossas mãos se tocando.

– Foi uma mentira maluca.

– Foi – ele diz. – Talvez o tempo todo que estive aqui, eu sentisse que estava pegando algo emprestado. Como se não merecesse.

– Isso? – pergunto, gesticulando para o piso deteriorado da varanda e para a corrente enferrujada do balanço.

– Não, isso – ele fala, apertando minha mão.

Ele me beija, e tudo volta em um segundo: a torrente vertiginosa em redemoinho de felicidade e excitação. Estamos no ano passado outra vez, e Leo está me beijando na varanda. Só que não é o ano passado. É agora, e sou Eu 2.0.

Ele se afasta, mas não solta minha mão.

– Quero viajar e depois voltar. Pra cá.

– Está bem – digo.

Está bem!, quero dizer.

– Quero que saiba que eu vou voltar. E se você achar que não vou voltar, então quero que diga: "Ei, imbecil, está parecendo que você não vai voltar". Como uma mulher normal.

Assinto.

– Eu devia ter dito isso. Teria evitado muito aborrecimento.

– Perdemos muito tempo. E foi horrível. Chega dessa merda.

É tão bom estar sentada ao lado dele neste balanço que estou sentindo muito mais que falando. Leo quer que eu saiba que ele vai voltar. E ele vai voltar.

– Está bem – digo.

– Sabe de uma coisa? Eu não confio em você. Aqui.

Leo agarra minha mão e enfia uma aliança fina de ouro no meu dedo. É menos um gesto romântico e mais como algemar um fugitivo.

– Agora estamos casados, está bem? Entenda isso sua cabeça. Isso está acontecendo.

Dou risada porque é absurdo e também porque estou muito leve. Uma tonelada de mágoa foi arrancada do meu peito.

– Está bem, estamos casados – digo, e ele me beija outra vez. Não consigo deixar de pensar que isso é melhor que qualquer casamento que eu pudesse imaginar.

– Essa é a aliança da minha mãe – ele fala. – Foi o melhor que pude fazer nas últimas três horas. Fique com ela até eu voltar, depois eu arranjo uma outra se você quiser. Pra combinar com suas bancadas de mármore.

Ele inclina a cabeça na direção da minha nova cozinha.

Tem um carro chegando pela entrada de automóveis. Leo acena para o motorista e não faz nenhum movimento para se levantar.

– Então você vai voltar pra cá? Tipo, pra morar em Laurel Ridge? – pergunto.

De repente, a coisa toda não faz sentido.

– Claro. E em todos os outros lugares. A gente vai dar um jeito. Vamos ficar juntos, onde quer que precisemos estar. Não quero outra vida além dessa.

Bernadette entra na varanda e congela quando vê Leo.

– Sua mãe e eu estamos nos casando – ele fala para ela.

Ela abre a porta da cozinha e grita para dentro:

– Arthur!

Arthur sai da casa já gritando para que Bernadette cale a boca quando vê nós três aconchegados no balanço.

– Conte pra ele – Bernadette diz.

– Estamos nos casando – Leo conta.

– Sério? – Arthur pergunta.

Ergo a mão e mostro a aliança.

Ele abraça Leo, depois me abraça, e percebo que todo mundo está chorando.

– Agora vão fazer o que vocês fazem de manhã. Quero dar um beijo de despedida na sua mãe.

CAPÍTULO 25

— EU SABIA – MEU PAI DIZ QUANDO ESTOU COM OS dois ao telefone. – A coisa toda não fazia sentido, quando a gente conheceu o cara e ele ficou bajulando sua mãe feito um tolo.

Minha mãe está chorando.

– Ele é tão bonito. Fiquei tão mal por você. Olhei direto nos olhos daquele jovem e pensei: "A coitada da Nora nunca vai superar".

Ligo para Penny e ela me faz contar a história duas vezes, o que me agrada, porque ainda estou meio que contando a história para mim mesma.

– Sabe de uma coisa? Você não estava pronta pra esse relacionamento um ano atrás. Arthur lhe fez um favor. Agora ele está de volta e você está pronta.

É ridículo, mas pode ser verdade.

– Esse tempo todo ele achou que você estava com Ben – ela diz. – Credo. Graças a Deus Arthur contou tudo. Vejo um casamento no Lago de Como. É pra lá que vão os Clooney. Posso pedir pro pessoal de viagem de Melissa cuidar disso. Está pensando em fazer no outono? Estou pensando no outono.

Olho para a minha pequena aliança.

– Não importa – digo.

Ligo para Kate, que conta para Mickey no trabalho. Mickey está nas nuvens, como se fosse a noiva. Ele desliga para poder ligar para Leo antes que seu avião decole.

Recebo uma mensagem de Luke. Ei. Bem-vinda à família. Jenn e eu estamos muito felizes porque Leo vai parar de andar por aí perdido. Vamos comemorar quando ele voltar.

Weezie me liga.

– Não sei o que falar. Tipo, ele acabou de me ligar, e eu chorei o tempo inteiro. Leo disse que meu primeiro trabalho é me acalmar. Então estou tentando.

Weezie já está na Nova Zelândia preparando a chegada de Leo. Ela recebeu instruções de dar à sua noiva tudo o que ela pedir.

– Você sabe que não vou pedir nada – digo.

– Eu sei. Essa é a melhor parte.

Ela está chorando outra vez.

É março, e as crianças estão no recesso de primavera. Nós estamos na Nova Zelândia, no *set* de *Ruína*, um romance que Leo está estrelando ao lado de Tatum Hunter, uma versão mais jovem e mais doce de Naomi. Li o roteiro no avião e não consegui gostar de todo aquele choro e olhares distantes. Acho que é o que chamariam de romance realista. Não fazem isso no Canal do Romance. Os filmes de lá oferecem uma espécie de subfantasia de resiliência: o cara vai embora, a garota fica triste, mas depois pensa: *Ei, ainda tenho meus cupcakes, meus amigos e minha família. Vou ficar bem.* Ele volta e a vê quase vicejante. O cara nunca volta para encontrá-la em posição fetal agarrada a uma garrafa de gim.

É Leo quem vai embora nesse filme, então Tatum fica com as lágrimas. Há algumas cenas de amor no início que, claro, não vemos serem filmadas. Agora nós três estamos sentados no alto de um penhasco observando tudo enquanto filmam Leo e Tatum andando pela praia. Arthur pergunta:

— Ele vai ter que beijar aquela garota?

— Vai. Coitado — digo, passando meu braço ao seu redor.

— Isso vai fazer você surtar? — Bernadette pergunta.

Minha filha está usando óculos escuros e um chapéu mole como se não quisesse ser reconhecida, mas na verdade Bernie quer ser reconhecida.

— Não. Acho que não. Bem, eu não vou ver muito de perto.

Uma van para atrás de nós e um homem com o uniforme do nosso hotel pergunta:

— Vocês são a família do sr. Vance? Ele mandou servir o piquenique.

— Sim — Arthur fala antes de mim.

Alguém do *Post* consegue uma foto de nós dois observando as crianças nadarem atrás de um barco no Estreito de Milford. A manchete diz MEGACASADOS. Eles ampliaram a foto da minha mão esquerda para mostrar a aliança da mãe de Leo, e a reportagem especula que tivemos um casamento secreto. Leo instruiu seu pessoal a não responder, só porque gosta dessa ideia.

— Primeiro de tudo — ele nos diz durante o almoço junto da piscina do hotel —, estamos casados. Nos casamos na varanda. O que também significa que podemos ter um casamento sem ninguém nos perturbar. Eles acham que isso já aconteceu.

— Sorrateiro — Arthur diz.

– Podemos conversar sobre o casamento? Tenho umas ideias – Bernadette fala.

Estamos junto da piscina, mas em uma cabana que nos protege do sol e de transeuntes curiosos. O lugar está à nossa disposição o dia todo, com filtro solar, petiscos e um vaso de orquídeas. Dois homens uniformizados esperam do lado de fora para satisfazer qualquer sede ou capricho que possam surgir. Estou de roupa de banho e minha saída branca favorita, mas chegou uma caixa esta manhã com diversas novas saídas escolhidas pela estilista de Weezie. Elas têm contas e franjas e são um pouco desconfortáveis. Espero que não sejam uma metáfora desta vida que estou começando.

Eu me pergunto se Ben sabe sobre Leo. E me pergunto se ele está em algum lugar do globo onde as pessoas leem o *Post*. Como é possível que eu tenha terminado com essa vida quando sempre lhe vendi as menores coisas? Um homem que se diz meu mordomo está de prontidão a menos de um metro de distância para repor meu chá gelado, e devo admitir que isso é bem legal. Mas não quero ficar distante da minha vida. Quero escolher minhas próprias bananas, ver o sol nascer da minha própria varanda.

– O que você acha, mãe?

Perdi toda a discussão sobre o casamento.

– Acho que quero me casar com Leo – respondo.

Leo sorri para mim.

– Bom, que alívio. Estamos discutindo o lugar.

Bernadette expõe sua opinião.

– Vamos alugar um castelo na França. Tipo aquele enorme onde os Luíses costumavam viver. Todo mundo pode ficar lá, e o casamento vai ser no jardim dos fundos. Vamos fazer um penteado alto em você, como uma rainha.

Meu rosto mostra meu medo.

– Tem outra opção?

Leo diz:

– Acho que devemos nos casar no gramado em frente à casa de chá, com a porta aberta pra podermos ver a floresta. Só a família e os amigos mais próximos. – Ele vê que Bernadette está revirando os olhos. – E Bernie fica totalmente encarregada da decoração, sem limite de orçamento.

Arthur fala:

– Posso escolher a banda?

– Fechado.

Meu mordomo está retirando meu prato e o substituindo por um prato das frutas frescas mais exóticas que já vi. *Posso ter isso e um casamento no jardim,* penso. Reflito sobre a possibilidade de ter tudo.

CAPÍTULO 26

NOS CASAMOS EM JULHO. LEO E BERNIE CONTRATARAM uma equipe para criar um dossel de luzes brancas acima de todo o gramado dos fundos. Leo e Arthur estão de terno de linho branco. Bernadette e eu estamos de vestido branco e simples de verão, escolhidos por Weezie. Está calor, e no último minuto, resolvemos não usar sapatos.

Não há necessidade de acrescentar cor – a floresta atrás da casa de chá é uma cortina com todos os tons de verde. No alto, há um céu límpido de verão. Ladeando a porta aberta da casa de chá, há a explosão anual de hortênsias azuis. Elas me recebem na passagem entre os bancos, emoldurando Leo perfeitamente na minha linha de visão. Leo está aqui em julho. E vai ficar durante todos os julhos depois desse. Vai ser puro azul.

Depois da cerimônia, vamos para o jardim da frente, que recebeu mesas com luz de velas, uma banda e uma pista de dança. O bufê tomou minha cozinha e minha varanda, mas o lugar ainda parece minha casa. As árvores que cercam a propriedade dão uma sensação de privacidade que nunca senti que precisava antes. Laurel Ridge pode ser o lugar perfeito para uma celebridade se casar.

Luke se levanta para fazer um brinde, dizendo que eu transformei seu irmão numa pessoa real. Leo revira os olhos e aperta minha mão.

— Mamãe tinha tanto orgulho de você. Ela tentava não ficar se gabando, mas não conseguia evitar — ele prossegue. — E essa família que você escolheu lhe daria mais motivos ainda pra se gabar.

Leo beija minha mão.

Há algo extraordinariamente comemorativo nesse casamento. Não apenas porque as pessoas ali nos amam e nos querem felizes. Talvez seja porque testemunharam o período em que estávamos separados e infelizes. Talvez seja porque viveram ou viram a versão cinematográfica do meu casamento com Ben. Luke e Jenn, Kate e Mickey. Até o sr. Mapleton parece profundamente aliviado por Leo ter se revelado um cara decente. Penny e Rick obrigam Leo a prometer que vamos à sua anual Festa do Branco em East Hampton. O sr. e a sra. Sasaki passam a noite inteira na pista de dança.

Weezie está tonta.

— Conheci Nora bem aqui ano passado — ela conta a meus pais. — Ela estava preocupada pensando que íamos destruir seu gramado, com razão. O tempo todo, tinha essa coisa crescendo entre ela e Leo.

Martin está ali com Candy, que parece estar de volta ao circuito.

— Assumo toda a responsabilidade por isso — ele fala para todo mundo. — Foi ideia minha filmar aqui. Fui eu que trouxe Leo até a sua porta e deixei que dormisse no seu gramado.

Estou adormecendo na minha cama com Leo, porque agora ele é meu marido, e isso é o correto. Estamos deitados tão perto quanto quando nos espremíamos no sofá-cama da casa de chá. Não consigo me livrar de dois pensamentos. Primeiro, que aquela pista de dança vai destruir meu gramado no verão. Segundo, que as melhores coisas voltam. Às vezes, é logo depois dos comerciais, outras vezes demora mais. Mas o tempo e a luz do sol trazem crescimento, e a vida se desenrola do jeito que deveria.

Meu marido sussurra no meu ouvido:

— Ainda está acordada?

— Estou — digo, embora esteja quase apagando.

— Tem um papel pra Arthur num filme que estou pensando em fazer no outono. Ele interpretaria meu filho.

— Onde?

— Na Inglaterra.

Nada é como planejei, e estou acelerando em direção a um futuro que não consigo visualizar. A vida imita a arte, que imita a vida, que imita a arte.

— Vamos conversar sobre isso no nascer do sol amanhã — digo.

AGRADECIMENTOS

Em seu discurso improvisado, Nora diz ser grata pela sua história ter sido bem recebida e cultivada por pessoas tão talentosas. Sei bem como ela se sente. Meu coração está cheio de gratidão pela minha agente, Marly Rusoff, por seu entusiasmo imediato e duradouro com este livro. Eu não poderia estar em mãos mais capazes ou mais cuidadosas. Trabalhar com a editora Tara Singh Carlsom foi uma grande aventura. Obrigada, Tara, por direcionar seu foco de laser sobre este livro e por ser tão simpática durante todos os passos do caminho. Obrigada a Sally Kim por me dar a oportunidade de compartilhar este livro com o mundo, e a todos da G.P. Putnam's Sons, especialmente à paciente Ashley Di Dio, por fazerem ele se tornar realidade.

Obrigada a meus amigos escritores que me disseram que este livro tinha pernas desde os primeiros estágios – Linda Cohen Loigman, Karen Durkess e Steve Lewis. Sem vocês, ele ainda seria um documento de cem páginas no Word e um brilho nos meus olhos. Vou dizer pela milionésima vez: não há nada mais generoso que escritores que têm tempo para ler o trabalho de outros escritores.

Um agradecimento especial aos meus filhos praticamente adultos, Dain, Tommy e Quinn, que leram um rascunho inicial deste livro sob coação e por dinheiro. Suas observações, honestidade e interesse pelo processo foram minhas partes favoritas deste projeto. E Tom, o galã da minha história de amor favorita, obrigada por sua fé silenciosa em mim e por tê-la lido de graça.

SUA OPINIÃO É MUITO IMPORTANTE

Mande um e-mail para **opiniao@vreditoras.com.br**
com o título deste livro no campo "Assunto".

1ª edição, set. 2023
FONTES Jazmin 17/16,3pt; Italian Old Style 11,5/16,3pt; Mr Eaves Mod OT 11,5/16,3pt
PAPEL Pólen® Bold 70g/m²
IMPRESSÃO Faro Editorial
LOTE FAO210723